Zu diesem Buch

Hauptkommissar Bienzle muß sich neuerdings mit Wirtschaftskriminalität befassen. Da wird Fleisch über die Grenzen hin- und hertransportiert und jedesmal kräftig Subvention kassiert, mit gefälschten Unterlagen natürlich. Ein Millionengeschäft. Daran beteiligt sind Politiker in den höchsten Rängen, die alles in ihrer Macht Stehende tun, um Bienzles Ermittlungen zu blockieren: Zuviel steht auf dem Spiel.

Da bekommt Bienzle einen Tip: Montag nacht soll wieder ein illegaler Fleischtransport über die Grenze kommen. Bienzle plant den Polizeieinsatz in allen Einzelheiten. Nichts überläßt er dem Zufall. Doch dann reagiert sein Kollege Gächter in der entscheidenden Situation panisch und schießt. Es gibt einen Toten. Damit ist auch Bienzle fast ein toter Mann...

Felix Huby, Jahrgang 1938, ist das Pseudonym des freien Journalisten und Schriftstellers Eberhard Hungerbühler. Neben Sachbüchern und Kriminalromanen für Kinder hat er eine Reihe Kriminalhörspiele und zahlreiche Fernsehspiele und -serien geschrieben: In der Reihe rororo thriller liegen vor: Der Atomkrieg in Weihersbronn (Nr. 2411), Tod im Tauerntunnel (Nr. 2422), Ach wie gut, daß niemand weiß... (Nr. 2446), Seine letzter Wille (Nr. 2499), Schade, daß er tot ist (Nr. 2584), Bienzle stochert im Nebel (Nr. 2638), Bienzle und die schöne Lau (Nr. 2705), Bienzles Mann im Untergrund (Nr. 2768), Bienzle und das Narrenspiel (Nr. 2872), Gute Nacht, Bienzle (Nr. 3066), Bienzle und der Biedermann (Nr. 3077) und der Storyband Bienzle und der Sündenbock (Nr. 2958).

Felix Huby

Bienzle und der Biedermann

Rowohlt

rororo thriller
Herausgegeben von Bernd Jost

26.–30. Tausend September 1995

Originalausgabe
Veröffentlicht im Rowohlt Taschenbuch Verlag GmbH,
Reinbek bei Hamburg, März 1994

Umschlagfoto Fred Dott
Umschlagtypographie Peter Wippermann / Susanne Müller
Satz Aldus (Linotronic 500)
Gesamtherstellung Clausen & Bosse, Leck
Printed in Germany
890-ISBN 3 499 43077 0

Die Hauptpersonen

Ernst Bienzle	Erster Hauptkommissar im Landeskriminalamt.
Günter Gächter	Hauptkommissar und Bienzles Freund.
Hannelore Schmiedinger	Bienzles Lebensgefährtin.
Paul Stricker	ein schwäbischer Fabrikant und Biedermann mit besonderen Obsessionen und abweichenden Meinungen zum EG-Recht.
Dr. Joachim Dreher	ein Rechtsanwalt, der Strickers Obsessionen kennt und von EG-Recht eine Menge versteht.
Cordula Stricker	Paul Strickers Tochter, die Drehers Obstruktionen kennt und ihres Vaters Obsessionen kennenlernt.
Ingrid Stricker	Pauls unwissende, aber vieles ahnende Frau.
Gerhard Stricker	Pauls Bruder und nur bedingt von dessen Welt.
Staatssekretär Hilbert	repräsentiert mehr, als er agiert oder gar regiert.
Ministerialdirektor Bossle	hat alle Fäden in der Hand.
Fraktionsvorsitzender Fahlbusch	hätte gerne alle Fäden in der Hand.

MITTWOCH

Der Feldweg war erst kürzlich asphaltiert worden. Er zog sich als hellgraues Band durch die herbstbraunen Felder. In der späten Nachmittagssonne glitzerte er wie ein kleiner Fluß.

Bienzle hatte seinen Dienstwagen in einer Parkbucht an der Bundesstraße stehenlassen und ging – die Hände auf dem Rükken verschränkt – den schmalen Weg entlang. Ein Traktor kam ihm entgegen, am Steuer ein alter Mann mit einem vielfach durchfurchten Gesicht. Die Schirmmütze hatte er in die Stirn gedrückt, um sich gegen die tiefstehende Sonne zu schützen. Er tippte im Vorbeifahren lässig mit dem Zeigefinger an den Mützenschirm. Bienzle nickte ihm zu wie einem alten Bekannten. Auf dem Anhänger lag ein Güllefaß. In den nächsten Tagen sollte es Regen geben. Da war es gut, die Jauche noch vorher auf die Felder zu bringen, damit sie dann ordentlich ins Erdreich gewaschen wurde. Das Güllefaß hinterließ eine dünne Spur aus braunen Tropfen.

Der betonierte Feldweg war mit alten Apfelbäumen gesäumt. Deren Jahre waren freilich gezählt; denn weiter hinten, dort, wo sich die Felder zur Murr hin senkten und statt der Obstbäume Erlen standen, wurde ein neues Baugebiet erschlossen – in bester Lage, zwei Minuten zur S-Bahn-Haltestelle Weisangen. Von dort kam man in 23 Minuten in die Stuttgarter Innenstadt. Sie würden den Feldweg aufs Dreifache verbreitern, dann mußten die Obstbaumveteranen garantiert dran glauben. Der Feldweg hatte deshalb wohl auch schon einen Namen. «Züricher Straße» stand da auf einem nagelneuen Straßenschild. Bienzle fiel ein Lieblingsspruch seines Vaters ein: «Wenn einer höher furzt, als ihm der Arsch gewachsen ist, fällt er leicht auf denselben.»

Erst in den letzten Tagen hatte er einen Text von Peter Bichsel gelesen: «In Langnau im Emmental gab es ein Warenhaus. Das hieß *Zur Stadt Paris*. Ob das eine Geschichte ist?» Überschrieben war der Text mit «Sehnsucht».

An einem der Apfelbäume hing noch eine goldgelbe Frucht. Goldparmäne, erinnerte sich Bienzle. In Dettenhausen, wo er geboren war, hatten sie auch immer einen letzten Apfel auf dem Baum gelassen, damit er auch im nächsten Jahr wieder reichlich trage. Selbst wenn's die Bauersleute nicht so genau nahmen, und die «Afterberger», wie hierzulande diejenigen hießen, die übersehene Früchte ernteten, den Rest pflückten, blieb ein letzter Apfel «für Gott» am Baum.

Bienzle fiel die Geschichte ein, die sein Vater in einer seiner Schulklassen erlebt hatte. Er hatte den Kindern die Frage gestellt, was mit dem Apfel im Paradies geschehen sei. Der kleine Hans Nestel wußte es zwar nicht, aber er konnte es sich denken. «Den hent's Gotts gmoschtet», antwortete er nach kurzem Nachdenken. Zu deutsch etwa: «Den hat die Familie Gott zu Most verarbeitet.» Das ganze Lehrerkollegium hatte später darüber gelacht, und Bienzles Vater hatte unter der Rubrik «Religion» eine Eins für Hans Nestel in sein Notizbuch gemalt.

Unzertrennlich waren sie gewesen – der Hans Nestel, der Ernst Bienzle und der Paul Stricker. Gegen Stricker ermittelte er nun. Bienzle trat wütend gegen einen Stein. Hätte das nicht ein anderer machen können? Es war ohnehin schon eine Schikane des neuen Präsidenten, ihm diese Ermittlungen zu übertragen – Subventionsbetrug zum Nachteil der EG. Ausgerechnet ihn, der immer dann am besten war, wenn es um Menschen ging, hatte man mit Aktenbergen eingesperrt. Zäh und verbissen hatte er die Subventionsrichtlinien studiert, internationale Wirtschaftsverflechtungen aufgedröselt, regionale, nationale und europäische Förderprogramme auswendig gelernt. Wenn es denn schon sein mußte... Sein Vater hatte immer gesagt: «Geht nicht, gibt's nicht!» Und nach der Devise hatte Ernst Bienzle selbst dann noch gearbeitet, als er schon Polizist war.

Er fragte sich, warum ihm sein Vater in letzter Zeit immer häufiger einfiel. Na ja, man wurde älter, und das stimmte wohl: Je älter man wurde, desto klarer kamen frühere Erinnerungen zurück.

Er setzte sich auf eine Bank. Es eilte ihm ja nicht. Die Sonne schien, aber sie hatte in den letzten Wochen viel Kraft verloren. Bienzle schob seinen Hut mit dem Zeigefinger aus der Stirn und blinzelte ins Licht.

Der Stricker hatte schon angefangen, Geschäfte zu machen, da war er selber noch barfuß gelaufen. «Was gibst mir dafür?» war Strickers häufigste Frage gewesen. Und: «Was bringt mir des?» seine häufigste Antwort, wenn man ihm etwas vorschlug. 1952 hatten sie in Tübingen gerade das Amerikahaus aufgemacht. Man konnte Bücher und sogar Schallplatten ausleihen. Eines Tages fehlten dort 200 Schallplatten. Die Untersuchungen ergaben nichts. Aber bei Paul Stricker konnte man einige Zeit später die schönsten Scheiben ziemlich billig kaufen. Bienzle hatte gleich sieben Louis-Armstrong-Platten erworben. Weil das Stück nur vier Mark kostete, war's ihm egal, wo sie her waren. Und wenn schon, den Amis hat man's damals gegönnt!

Es half ja alles nichts. Bienzle erhob sich ächzend von der Bank und ging nun mit schnellen Schritten auf das flache, graue Gebäude zu, das hinter dem Neubaugebiet an dem Hang hockte, der sich zur Murr hin senkte. «Paul Stricker, Fleisch- und Wurstwaren». Pauls Vater hatte damals darauf bestanden, daß der Junge Metzger wurde wie er. Dabei wäre es wahrscheinlich besser gewesen, wenn der junge Stricker bei irgendeiner Bank angefangen hätte. Aus dem Grundkapital, das er sich mit zwölf Jahren erarbeitet hatte, war schnell mehr geworden. Mit sechzehn hatte er bereits ein stattliches Aktienpaket, das seine Mutter nach seinen exakten Angaben verwaltete. Als er seine Gesellenprüfung machte, war der Geldsegen auf eine halbe Million angewachsen. Viel Geld damals. Später waren dann Strickers Eltern nach Wiesangen umgezogen und hatten hier eine Metzgerei aufgemacht. Ernst Bienzle hatte Paul Stricker oft besucht, weshalb er die Gegend hier auch so gut kannte. Gekommen war er damals freilich nicht wegen der Landschaft, sondern wegen der wunderbaren Würste, die Pauls Vater hergestellt hatte. Noch heute ließ Bienzle für eine gute Schinken- oder Schwarzwurst alle anderen Delikatessen stehen.

Ein Pförtner wies Bienzle den Weg. Stricker sei in der Wurstküche. Ein süß-säuerlicher Geruch stieg Bienzle in die Nase, als er die Tür aufstieß. Stricker stand mit dem Rücken zu ihm an einem Bottich aus Edelstahl. Sein rechter Arm steckte bis über den Ellbogen in einem Gemisch aus Blut und Fleisch. «Zuwenig Brühe!» bellte Stricker. Dann ging er zu einem Wasserschlauch. Einer seiner Angestellten drehte den Hahn auf. Stricker spülte das Blut von der Haut und sah dem roten Rinnsal nach, das sich seinen Weg über die Bodenkacheln suchte. Sofort sprang ein anderer Mitarbeiter herbei und schrubbte den Boden sauber. Klinisch rein war alles. Stricker drehte sich um und sah Bienzle.

«Ja, jetzt kann ich gar nimmer – der Bienzle!» Er kam freudig auf ihn zu. Bienzle fiel wieder ein, daß er der einzige gewesen war – damals in Dettenhausen –, den man nicht mit dem Vornamen anredete. Jeder sagte nur «Bienzle» zu ihm – «He, Bienzle», «Bienzle, spielst mit Fußball?» «Bienzle, gibst ein aus?»

«Grüß dich, Paul... ich war grad in der Gegend...»

«Du hast dich kaum verändert», sagte Stricker, «ein paar

Haare weniger, ein paar Falten mehr – aber sonst... Sag amal, wie lang ist das jetzt her?»

«Lang! – Wie geht's dir denn so?»

«Immer das gleiche: Schaffen Tag und Nacht, und wenn's net langt, nimmt man auch noch die Vesperpause dazu.» Stricker lachte selbstgefällig.

«Da hab ich's besser, ich bin Beamter», sagte Bienzle.

Er nahm die Einladung zu einem Kaffee gerne an.

Geld dürfe man nicht sehen, war früher eine der Maximen von Paul Stricker gewesen. Aber die Villa, die er sich hoch über dem Städtchen an den Waldrand gestellt hatte, wies ihn als das aus, was er inzwischen war: ein vielfacher Millionär. Bienzle sprach ihn darauf an.

«Na ja, man lebt ja bloß einmal», sagte Stricker darauf.

Bienzle hätte so nicht leben wollen. Das Haus hatte ein berühmter Architekt gebaut, eingerichtet hatte es ein nicht weniger berühmter Innenarchitekt. Die Bilder an den Wänden waren von einem bekannten Stuttgarter Galeristen ausgesucht und zusammengestellt worden. Der Boden im Treppenhaus und in den Gängen bestand aus Carrara-Marmor. Im Wohnzimmer – oder nannte man so etwas Wohnhalle? – lagen die Orientteppiche in Schichten übereinander. Als Bienzle später ins Bad kam, erschrak er vor einer lebensgroßen nackten Statue, die den gut 50 Quadratmeter großen Raum schmückte. Das nackte Weib stand in einer Muschel und kämmte mit anmutig geneigtem Kopf sein Haar. Das sei «eine echte Aphrodite aus Rom», belehrte ihn Stricker später, und die Wände und der Boden seien auf Maß aus ganzen Marmorplatten geschnitten. Bienzle mußte unwillkürlich lächeln.

Die Frau, die aus der Küche kam, paßte nicht hierher. «Du kennst meine Ingrid», sagte Paul Stricker. Bienzle gab ihr die Hand – eine sympathische, zur Fülle neigende Frau um die Fünfzig, mit kleinen Lachfältchen um die dunklen, fast schwarzen Augen. Sie trug ein einfaches, vorne durchgeknöpftes Hauskleid. Man würde ihr noch bis ins hohe Alter ansehen, was sie einmal für ein schönes Mädchen gewesen war. «Ja, freilich», sagte er, «wenn's auch eine Weile her ist!»

Der Kaffee war schon fertig. Stricker hatte von seinem Wagen aus angerufen. Als die Frau des Hauses Bienzle eingoß, fragte er: «Und wie geht's eurer Tochter...?» Ingrid Strickers Hand ruckte, der Kaffeestrahl verfehlte für den Bruchteil einer Sekunde die Tasse. «Oh, tut mir leid, haben Sie was abgekriegt?» fragte sie erschrocken.

«Nicht der Rede wert», Bienzle tupfte ein paar Kaffeespritzer von der Hose.

«Sie studiert in Stuttgart», sagte Paul Stricker. Und dabei ließ er es bewenden.

Bienzle hatte keine so rechte Lust, den eigentlichen Grund seines Besuches zu verraten. Er sah den Jugendfreund an. Der hatte noch immer dieses Jagdhundgesicht. Die Haut straff über die vorstehenden Wangenknochen gezogen, schmale Augen, dünne Brauen. Auch diese abgehackte Sprechweise hatte er über all die Jahre beibehalten. Diese nervöse Bewegung mit dem Kopf, um seine Schnittlauchlocken aus der Stirn zu werfen, hatte schon immer so herrisch gewirkt.

«Nach dem fragst mich lieber nicht», sagte er gerade. Bienzle hatte erzählt, daß er dieser Tage den Rechtsanwalt Dreher kennengelernt und daß er dort beiläufig auch Strickers Namen gehört habe. Scheinbar ohne besonderes Interesse fragte Bienzle: «Schaffst du mit dem? – Ich hab gehört, er sei auch Geschäftsführer einer Fleisch-Im- und Exportfirma.»

«Ich schwätz grundsätzlich nicht übers Geschäft», sagte Stricker knapp.

Bienzle nickte, als ob er nichts anderes erwartet hätte. Stricker wechselte das Thema: «Sag amal, ich geb jedes Jahr ein großes Rehessen. Immer wenn bei uns Schützenfest ist. Am

Wochenende isches wieder soweit. Da könntest du doch dazu kommen – bist wieder verheiratet?»

«Nicht direkt!»

«Dann kommet doch miteinander ... – Das hat richtig Tradition, mein Rehessen. Der Staatssekretär Hilbert kommt, der Ministerialdirektor Bossle vom Wirtschaftsministerium ...»

Bienzle verzog das Gesicht.

«Vielleicht auch der Minister selber», fuhr Stricker fort. «Auf jeden Fall aber der Fahlbusch – du weißt schon –, der Fraktionsvorsitzende ... Ha jetzt, da kommst mit deiner ... ähem ... deiner Lebensgefährtin ...!»

«Ich überleg mir's, Paul, ist ja fast noch eine Woche Zeit.» Bienzle zog gemeinhin andere Gesellschaft vor. Zudem war er über die Namen Hilbert, Bossle und Fahlbusch auch schon während seiner laufenden Recherchen gestolpert.

«Kommst einfach», insistierte Paul Stricker. «Hotelzimmer haben wir genug bestellt.»

«Mal sehen ...» Bienzle verabschiedete sich. Ingrid Stricker brachte ihn zur Tür. Als er ihr die Hand gab, sagte sie leise: «Sie haben nach Cordula gefragt. Sie ist mit diesem Dr. Dreher zusammen, und das gefällt uns gar nicht ...»

«Na ja, wo die Liebe hinfällt ...», sagte Bienzle.

Ein Fahrer Strickers brachte ihn zu seinem Wagen. Als sie an dem Goldparmänenbaum vorbeikamen, war der letzte Apfel abgefallen.

Die Lautsprecherstimme hatte schon zweimal angekündigt, daß das Mineralbad in zehn Minuten geschlossen würde, und die Badegäste gemahnt, die Kabinen aufzusuchen und das «Leuze» zu verlassen. Die drei Männer im warmen Becken schien das nicht zu stören. Ihre Köpfe sah man nur schemenhaft durch den Dampf, der dicht über der Wasseroberfläche hing. Die Männer erreichten den Beckenrand und hängten sich, die Ellbogen weit ausgestellt, an die Kante.

«Das tut gut!» prustete Bossle. «Wenn wir das bis Samstag jeden Abend machen, kann man sich beim Stricker seinem Rehessen zwei Portionen genehmigen!»

«Letztes Jahr hab ich anschließend vierzehn Tage Diät gemacht», ließ sich Fahlbusch hören.

«Hin muß man, da hilft alles nichts», sagte Hilbert.

Fahlbusch gab ihm recht. «Es geht a bißle zäh in letzter Zeit mit dem Stricker!»

«Das muß nicht an ihm liegen», warf Bossle ein.

«Ganz recht», tönte Hilbert, «auf diesen Rechtsanwalt Dreher hätten wir uns niemals einlassen dürfen...»

«Na ja, heikel darf einer in dem Geschäft nicht sein», meinte Bossle, «für bestimmte Aufgaben ist der Dreher besser geeignet als jeder andere!»

Fahlbusch ließ sich ins Wasser zurückgleiten und paddelte ein paar Meter davon. Von der Mitte des Beckens aus rief er: «Wenn man einen rußigen Hafen anlangt, wird man selber schwarz...»

«Na und? Schwarz sind wir doch sowieso schon!» Bossle hatte an diesem Abend gute Laune, was bei ihm selten genug war. Er hatte als Ministerialdirektor im Landwirtschaftsministerium mit einem Minister und einem politischen Staatssekretär zu tun, die einem geschulten Bürokraten wie ihm nur Ärger machten. Wenn er einen der beiden sah oder auch nur einen von ihnen alleine, war es ihm stets, als stelle sich eine Drahtbürste in seinem Bauch auf. Draußen große Reden halten, im Kabinett schwadronieren, politischen Entscheidungswillen vorspiegeln, das konnten die, aber arbeiten... planen, abwägen, organisieren, wirklich entscheiden... – Fehlanzeige. Bossle zwang sich, an etwas anderes zu denken, sonst war die Laune gleich wieder im Eimer. Da kam es ihm direkt gelegen, daß der Bademeister am Beckenrand erschien und rief: «Haben Sie die Durchsage net g'hört?»

«Die gilt nicht für uns», rief Bossle zurück, «fraget Sie Ihren

Chef...!» Hilbert schwamm einen Kreis und kehrte zu Bossle zurück: «Ich hab gestern mit dem Dreher gesprochen.»

«Und?»

«Stricker hat die 120000 nicht bezahlt. Bis jetzt wenigstens nicht.»

«Na ja, am Wochenende haben wir ja Gelegenheit, mit ihm drüber zu sprechen.»

«Auf mich wirkt er ziemlich nervös, der Dreher...», Hilbert lag nun ausgestreckt auf dem Bauch im Wasser, stieß sich mit den Händen rückwärts vom Beckenrand ab, paddelte wieder heran, senkte sein Gesicht dabei tief in das prickelnde Mineralwasser, kam prustend am Beckenrand an, stieß sich wieder ab, kam erneut zurück... «Das Landeskriminalamt ermittelt... – ein gewisser Kommissar Bienzle. Der Dreher behauptet, der habe den Teppich genau an den richtigen Stellen hochgehoben.»

«Im Zweifel muß man den halt aus dem Verkehr ziehen», sagte Bossle. «Sagen Sie das dem Dreher, er kann sich da auf uns verlassen!» Dann nickte er zu Fahlbusch hin, der jetzt auf der anderen Seite des Beckens seine schnellen Bahnen zog. «Und bei dem dort muß man aufpassen, daß er nicht zu schnell groß wird – der junge Herr Fahlbusch!»

Der Fraktionsvorsitzende hatte seinen Namen gehört. «Reden Sie von mir», rief er herüber.

«Jaha», rief Bossle lachend zurück, «grad hab ich g'sagt, Sie sind einer – den kann mr brauche!»

Bienzle ging nicht ins «Leuze». Er zog das «Neuner» vor. Beide Mineralbäder lagen dicht beieinander auf der Stuttgarter Seite des Neckars. Gemeinsam mit dem Kurbad in Bad Cannstatt hatten die Quellen, nach Budapest, die zweitgrößte Schüttung in Europa. Im städtischen Mineralbad «Leuze», mit seiner modernen Architektur, den Farbwegen und Farbmalen des Bildhauers Herbert Hajek und der vielfach gebrochenen gläsernen

Fassade, war Bienzle alles ein bißchen zu neu, zu technisch und auch zu groß. Im «Neuner», so genannt, weil der erste Besitzer so hieß und nicht – wie die Legende erzählte –, weil dort die Straßenbahnlinie 9 hinführte, war man mehr unter sich. Da gab es Leute, die schon seit 45 Jahren regelmäßig am gleichen Wochentag zur gleichen Stunde kamen und die auf den beheizten gekachelten Bänken, die auf den Längsseiten des Hallenbades entlangliefen, ihren Stammplatz hatten – wehe, jemand anderer saß dort oder hatte den Platz mit einem Handtuch belegt...! Ins Kurbad, drüben in Bad Cannstatt, ging man früher nur auf Krankenschein. Jetzt hatte es sich freilich herausgemacht. Aber Bienzle war ein Gewohnheitsmensch. Man konnte annehmen, daß auch er bis ans Ende seiner Tage jede Woche einmal ins «Neuner» ging. Und zwar immer montags gegen 15 Uhr. Zuerst in die Sauna, dann ins Außenbecken zum Schwimmen. Er traf dort immer die gleichen Leute – vor allem Friseure, die ihren freien Tag nutzten, um auch mal was für sich selber zu tun. Auch die Themen glichen sich seit 45 Jahren: Fußball, Stadtpolitik und da vor allem die Verkehrspolitik, Bundespolitik und Weltpolitik – in dieser Reihenfolge wurden sie abgehandelt. Es sei denn, ein Zug war entgleist, ein Rohbau zusammengestürzt oder ein Prominenter über siebzig hatte mal wieder eine Zwanzigjährige geheiratet und noch mal ein Kind gezeugt.

Bienzle beteiligte sich nie an den Gesprächen. Er saß da wie ein Buddha – in sich gekehrt, den Blick auf seinen stattlichen Bauch gesenkt –, manchmal sah er den von seiner Stirn herabfallenden Schweißtropfen nach, die auf dem Steinboden kleine Pfützen bildeten und danach schnell verdampften.

Zwei Gänge hatte er grade noch geschafft, nachdem er von dem Besuch bei Stricker nach Stuttgart zurückgekehrt war. Hätte er gewußt, daß er Bossle, Hilbert und Fahlbusch getroffen hätte, wenn er ins «Leuze» gegangen wäre, dann hätte er sich überwunden und für dieses eine Mal das Mineralbad gewechselt. Nach dem zweiten Gang zog er seine Badehose an und stieg draußen ins Freibecken. Saukalt war das Wasser. Auch hier die mahnende Stimme über Lautsprecher: «Die Badezeit ist beendet...» Bienzle war froh, eine Ausrede dafür zu haben, daß er nur noch diese eine Bahn schwimmen konnte, ging unter die Dusche und holte den Bügel mit seinen Kleidern. Er wollte gerade hinter einer der groben hölzernen Türen in einer Kabine verschwinden, als ihn Gächters Stimme stoppte. «Wußt ich doch, daß ich dich hier finde – ausrufen lassen wollt ich dich nicht...!»

«Oh, du liabs Herrgöttle von Biberbach», entfuhr es Bienzle, «was ist denn jetzt schon wieder passiert?»

«Hinweise auf einen illegalen Fleischtransport. Einfuhr über Lindau / Bodensee – ein ziemlich verläßlicher Tip.»

Bienzle unterdrückte den Fluch, den er schon auf der Zunge hatte. «Also gut, aber du fährst – nach der Sauna isches mir emmer so baumelig!»

Cordula Stricker war in Zürich um 15.40 Uhr in den Eurocity nach Stuttgart eingestiegen. Wieder einmal war alles gutgegangen. Obwohl es im Zug zu einer kurzen Irritation gekommen war. Aber wer hätte auch vermuten sollen, daß die zierliche, kleine Person mit den kurzgeschnittenen Haaren und den großen dunklen Augen so viel Geld in ihrer schicken Kollegtasche bei sich trug. Wie eng eine halbe Million doch zusammenging. Joachim hatte ihr immer wieder versichert, es sei nichts dabei. Schließlich sei der Transport von Geld nicht strafbar. Was er ihr lange verschwiegen hatte, aber worauf sie längst selbst gekommen war: Es handelte sich um Geld aus dunklen Kanälen, das gewaschen werden mußte, um seine Herkunft zu verschleiern. Manchmal gab Joachim Dreher Cordula den Auftrag, Gold zu kaufen und mit nach Stuttgart zu bringen. Oft ging es aber auch so einfach wie dieses Mal: Sie hatte das Geld bei einer Bank einzubezahlen und eine Woche später wieder abzuheben. Inzwischen war das schon Routine. Und Joachim bezahlte sie gut dafür. Nicht zuletzt deshalb hatte sie ihren «Nebenverdienst» aufgeben können, der sie mehr und mehr angeekelt hatte.

Auf dem Stuttgarter Bahnhof ging sie zunächst in die Buchhandlung Wittwer. Sie hatte sich schon vor ihrer Reise nach Zürich vorgenommen, Joachim den neuen Roman von John le Carré zu schenken. Als sie an den Regalen entlangging, merkte sie, daß sie beobachtet wurde. Unwillkürlich drückte sie die Tasche mit den Geldbündeln fester gegen ihren Körper, ehe sie sich umwandte. Am gegenüberliegenden Regal stand ein Mann um die 60, hochgewachsen mit grauen, gelockten Haaren und einem vollen, weichen Mund. Dieser Mund war es, der ihrer Erinnerung nachhalf. Der Mann war einmal in ihrem Studio gewesen.

Cordula Stricker wußte genau, wie eine solche Begegnung auf ihre Kunden wirkte. Sie erschraken zutiefst, für manche war es ein richtiger Schock. Ähnlich, wie wenn man einem Berufskollegen oder einem Nachbarn plötzlich und unerwartet nackt in einer öffentlichen gemischten Sauna gegenüberstand.

Cordula sah schnell zur Seite und beschäftigte sich länger und intensiver mit den Büchern, als sie es eigentlich vorgehabt hatte. Als sie sich, nach einer Zeit, die ihr endlos vorkam, wieder umwandte, war der grauhaarige Mann verschwunden. Sie atmete erleichtert auf und ging zur Kasse, um zu bezahlen.

Dreher trug eine Schürze, als er ihr öffnete. Ihren Kuß erwiderte er nur flüchtig.

«Du kochst?» fragte sie. «Ich dachte, wir essen heut in Stetten draußen...»

«Nein, tut mir leid. Ein andermal. Ich erwarte noch eine wichtige Nachricht heute abend...»

«Und die kannst du dir nicht aufs Band sprechen lassen?»

«Nein!» beschied er sie knapp, «aber wenn du lieber auswärts essen möchtest – ich stell's dir frei...»

«Nu werd nicht albern, Achim!» Cordula warf ihre Tasche auf den Tisch im Wohnzimmer. Dreher mixte ihr an der Hausbar einen Drink. «Diesmal hat's mich um ein Haar erwischt», berichtete Cordula. «Kommen doch an der Grenze tatsächlich zwei Zollbeamte ins Abteil. Zum ersten Mal – noch nie bin ich kontrolliert worden. Die laufen sonst immer nur durch die Gänge, glotzen kurz rein und gehen weiter.»

«Du bist kontrolliert worden?» fragte Dreher angespannt.

«Erzähl ich doch grade. Also, der eine fixiert mich, schlägt so 'ne Kladde auf, fixiert mich wieder. Ich denk natürlich, der hat ein Bild von mir – irgendwelche Fahndungsunterlagen, was weiß ich. Mir ist der kalte Schweiß ausgebrochen. Da sagt der auch schon: ‹Fahren Sie öfter diese Strecke?› Und dabei schaut er mich an, ich kann dir sagen... Also zeig ich ein bißchen, was ich so habe und sage: ‹Wollen Sie damit sagen, daß Sie mich bis heute noch nicht bemerkt haben?›» Sie kicherte. «Richtig rot ist er geworden, der Typ, und hat das Stottern angefangen.»

«Mein Gott, und da machst du einen solchen Bohai! Hast du das Geld?»

«Ich fand mich jedenfalls ganz schön schlagfertig», sagte Cordula.

Dreher öffnete die Tasche, zählte das Geld und nickte zufrieden. «Okay!»

«Mehr fällt dir nicht ein? He, ich will ein bißchen gelobt werden!»

«Gelobt oder bezahlt?» Er warf ihr ein paar Scheine in den Schoß und kehrte wortlos in seine Küche zurück. Cordula folgte ihm zuerst, ging dann aber verschnupft ins Wohnzimmer zurück. Es war, wie alle Räume in Drehers Wohnung, sachlich eingerichtet: Stahl und Glas. Auf dem Regal fast nur Fachbücher. Fotorealistische Bilder an der Wand. Ein riesiger Fernseher, daneben ein Videorecorder. Cordula beschloß, sich die Stimmung nicht vermiesen zu lassen. «Ich hab dir auch was mitgebracht», rief sie und holte das Buch aus der Plastiktüte mit der Buchhandelswerbung drauf.

«Leg's irgendwohin», rief er aus der Küche. «Kann ich Knoblauch ans Essen tun?»

«Ja, sicher!» Cordula legte den Roman auf den Fernsehapparat und begann, den Tisch zu decken.

Dreher streckte seinen Kopf durch die Tür. «War ja nicht immer so, wenn du Kunden hattest...»

«Bitte, Joachim, ja?!» fuhr sie ihm scharf in die Parade. «Das ist aus und vorbei!»

«Und wenn Wibke sagen würde, du sollst noch mal für sie einspringen, Gräfin Wanda?»

«Den Namen mag ich auch nicht mehr hören...!»

«Wenn sie dich richtig inständig bitten würde, was dann?»

«Ich weiß nicht – sie wird es nicht tun!»

Dreher grinste. «Im übrigen: Warum soll man einen Masochisten eigentlich nicht auch mit Knofel quälen...?» Er lachte selbstzufrieden und zog sich wieder in die Küche zurück. Cordula starrte wütend auf die Tür zur Küche. War er schon immer so gewesen? Wahrscheinlich steckte er wieder einmal in irgendwelchen Schwierigkeiten. Wenn er nicht mehr weiterwußte, rettete er sich immer in diesen miesen Sarkasmus.

Es hatte zu regnen begonnen. Die Lichter der Grenzstation spiegelten sich im nassen Asphalt. Vom See her wehte ein kühler Wind. Bienzle saß im Büro des Zollbeamten auf einem wackligen Stuhl, die Beine weit von sich gestreckt, die Daumen in den Hosenbund gehakt. Den Hut hatte er ins Genick geschoben, seine Augen blinzelten müde unter den buschigen Augenbrauen hervor. Er wirkte so in sich gekehrt, daß keiner der uniformierten Beamten ihn anzusprechen wagte. Dabei dachte er gar nichts. Er sah nur zu, wie die Zeit verging. Manchmal folgte sein Blick einem größeren Regentropfen, der die Scheibe herabrann, andere Tropfen, die scheinbar verharrten, aufsog, immer dicker und immer schneller wurde und am Ende seines Weges dann zerplatzte. Einmal sagte Bienzle leise: «Warum pressierst denn so, kannst es net verwarte...?» Den Beamten, der ihn fragte: «Was haben Sie gesagt?», ließ er ohne Antwort.

Gächter tigerte draußen auf und ab. Immer wieder schaute er auf die Uhr. Mehrfach prüfte er, ob seine Waffe auch so saß, daß er sie schnell ziehen konnte. Bienzle schüttelte nur unmerklich den Kopf, als er es sah.

Um diese Zeit – keine Ferien, Montagabend – war wenig Betrieb. Und nach Mitternacht nahm er noch weiter ab. Da vergingen schon mal 20 Minuten, bis das nächste Fahrzeug heranrollte. Den Fleischtransport aus Ungarn hatten zivile Polizeiwagen längst entdeckt. Sie folgten ihm, übergaben ihn geschickt an vorher festgelegten Punkten. Alles lief wie auf Kugellagern. Wenn Bienzle einen Einsatz vorbereitete, ließ er dem Zufall nur wenig Chancen. So spontan er sonst war, so penibel war er bei Planung und Durchführung eines Mannschaftseinsatzes. Keiner sollte am Ende an ihm herumkritisieren können. «Du bist nur so fleißig, weil du im Grunde ein fauler Mensch bist», hatte Hannelore einmal gesagt. Er nickte in der Erinnerung an diesen Satz. Und weil ich so ungern plane und organisiere, mach ich auch das am Ende besonders gut, dachte er bei sich.

Zwei Lichtkeile näherten sich. Der Lastwagen beschleunigte vor der Grenze. Der Schlagbaum war offen. Gächter bellte draußen ein Kommando. Der Schlagbaum senkte sich. Der Fahrer des Kühllastwagens bremste und rutschte auf der nassen Straße fast noch in den rotweißen Balken hinein. Bienzle stand auf und ging hinaus. Der Fahrer, ein Mann mit dem Gesicht eines südländischen Abenteurers, kurbelte die Scheibe herunter und reichte einem Zollbeamten die Papiere heraus. Der Beamte deutete ihm an, er möge aussteigen. Statt dessen kam aber der Beifahrer aus dem Führerhaus. Der Fahrer blieb stur am Steuer sitzen und starrte geradeaus. Bienzle vertrat dem Beifahrer den Weg. «Kann ich mir mal Ihre Ladung ansehen?»

«Das ist vielleicht wieder mal so 'ne Schikane», maulte der Beifahrer. «Wir sind die ganze Nacht unterwegs.»

«Ja, Ihren Fahrtenschreiber kontrollieren wir dann auch noch», gab der Kommissar gelassen zurück.

Ein Zöllner rief: «Machen Sie mal den Motor aus, Mann!»

Der Fahrer reagierte nicht darauf. Sein Kollege ging nach hinten. Bienzle blieb dicht bei ihm. Als die beiden Türen aufschwangen, fiel der Blick auf eng gehängte Rinderhälften. Bienzle stieg auf die Ladefläche... «Krieg ich mal eine Taschenlampe?» rief er von dort in Richtung Zollstation.

«Augenblick, ich hab eine griffbereit», sagte der Beifahrer und ging nach vorne. Die Beifahrertür stand noch offen, der Motor blubberte weiter. Bienzle stiegen die Abgase in die Nase.

Der Beifahrer stieg aufs Trittbrett, öffnete das Handschuhfach und sprach dabei leise, aber erregt auf den Fahrer ein. Der straffte sich und griff nach dem Hebel der Gangschaltung. Gächter nahm die Bewegung war. Er zog seine Waffe und entsicherte sie. Im gleichen Augenblick startete der Laster. Bienzle, der unsicher stand und keinen Halt hatte, stürzte nach hinten. Der Beifahrer zog sich ins Führerhaus hinein – im gleichen Augenblick schoß Gächter. Der Beifahrer schrie auf, sein Körper krümmte sich seltsam nach hinten. Noch hielt er sich am Rahmen der Beifahrertür fest. Der Fahrer schaltete in den zweiten Gang und blendete auf. Ein Polizeibeamter versuchte, mit seinem Fahrzeug den Weg zu versperren. Der Fahrer rammte den PKW in voller Fahrt. Durch die Erschütterung verlor der Beifahrer seinen Halt. Er stürzte auf die Straße und blieb regungslos liegen. Das Polizeifahrzeug kreiselte in den Graben. Der LKW verschwand um die nächste Kurve. Gächter eilte zu dem angeschossenen Mann. Bienzle, der sich mühevoll wieder aufgerappelt hatte, trat zu ihm. Hinter der Kurve hörte man das durchdringende Geräusch eines zweiten Crashs. Aber man hörte auch, daß der LKW-Motor weiterbrummte, als ob nichts gewesen wäre. Das Motorengeräusch entfernte sich schnell. Das Signal eines Martinhorns erstarb kläglich.

Ein Beamter rief: «Spurensicherung und Notarztwagen sind unterwegs!»

Bienzle hockte nun neben dem leblosen Körper des Beifahrers. «Einen Notarzt braucht's nimmer.» Langsam stand er auf und starrte Gächter böse an. «Wie ein Anfänger!»

«Bienzle, hör zu ...» Aber weiter ließ der Kommissar Gächter nicht kommen. «Der hätt nicht sterben müssen. Das war nicht nötig. So wichtig ist das alles nicht!! Aber du ... du mußt ja gleich schießen, als ob du's hättest nicht erwarten können!»

Er drehte sich weg und ging ein paar Schritte. Dann kehrte er wieder um. «Außerdem weißt du ganz genau, daß wir uns nicht den kleinsten Fehler mehr erlauben dürfen!»

Gächter zuckte die Achseln.

«Mach's dir nicht so leicht, Kollege Gächter», sagte Bienzle leise und mit einem gefährlichen Unterton in der Stimme, «mach's dir nicht so leicht!»

Die beiden Zollbeamten, die den davonrasenden Lastwagen verfolgt hatten, kehrten zu Fuß und mit gesenkten Köpfen zurück. Bienzle sah ihnen entgegen. Mehr zu sich selber sagte er: «Schlimmer hätt's nicht kommen können!»

Sie hatten schweigend gegessen. Cordula sah immer wieder auf und versuchte mit ihren Augen, Joachim Drehers Blick festzuhalten, aber er starrte vor sich hin, scheinbar ohne sie wahrzunehmen und stocherte in seinem Essen, als ob es ihm total mißlungen wäre.

Dann stand er plötzlich auf und stieß unvermittelt hervor: «Komm ins Bett!» Die Art, wie er sie auszog, wirkte wild und unbeteiligt zugleich. «Nun komm schon!» herrschte er sie an, als sie zögerte.

«Nicht so heftig, Achim ..., ich mag's nicht, wenn ...»

«Ach, ihr wollt doch alle genommen werden!» Rüde warf er sie aufs Bett. Seine grauen Augen waren wie Steine.

«Wenn du mich verachtest, warum willst du dann mit mir schlafen?» fragte Cordula leise.

«Dein Körper sieht noch immer aus, als wäre er nie berührt worden», gab Dreher zurück. Cordula setzte sich auf und zog die Beine an sich. «Du hast alle deine Zärtlichkeit verloren», sagte sie.

Später lag er auf dem Bauch, und sie massierte seinen Rükken – mechanisch fast. Ihre Gedanken waren weit weg. Warum hatte sie sich damals nur von Wibke überreden lassen. Das Geld alleine war's nicht gewesen. Ihr Vater hielt sie zwar knapp, aber sie hätte ja genauso in irgendeinem Betrieb jobben oder kellnern können wie viele ihrer Kommilitoninnen. Wenn sie ganz ehrlich mit sich war, mußte sie sich eingestehen, daß sie es auch genossen hatte... – auch jetzt, wenn sie daran zurückdachte, fühlte sie diesen kleinen Kitzel, diesen angenehmen Schauer, die aufkeimende Erregung... Sie verstärkte ihren Griff. Dreher stöhnte wohlig auf.

Vor einer Viertelstunde hatte sie ihn noch dafür gehaßt, daß er sie demütigte. Jetzt, da er vor ihr lag und ihre schmalen Hände, denen man ihre Kraft nicht ansah, sein Fleisch kneteten, fühlte sie sich wieder zu ihm hingezogen.

«Ganz schön verspannt», sagte sie, um sich von der aufkeimenden Erregung abzulenken.

«Na ja, wenn man jeden Tag zehn, zwölf Stunden am Schreibtisch sitzt.»

Cordula zog mit dem Nagel kleine rote Linien über seine Haut. «Sehen wir uns am Wochenende?»

«Du kannst Fragen stellen», mümmelte er in sein Kissen. «Dein Vater gibt sein alljährliches Rehessen. Und dieses Jahr wird mir zum ersten Mal die Ehre zuteil...»

«Phhhfff – du gehst da hin?»

Er wälzte sich auf den Rücken. Cordula sah, daß auch bei ihm die Erregung zurückkehrte. «Hör mal, die ganze Politprominenz ist da...»

Cordula nahm etwas Massageöl auf die Fingerspitzen und begann, mit beiden Händen gegenläufige Kreise über seine Brust zu ziehen. Langsam verlagerte sie die Bewegungen zu den Lenden hinab. «Versprichst du dir was von diesem Spießerfressen bei meinen Eltern?»

Dreher hielt ihre Hände fest. «Allerdings. Im Augenblick brauchen wir den Flankenschutz der Ministerialbürokratie nötiger denn je!»

Das Telefon klingelte. Dreher schnellte vom Bett. «Endlich!» Cordula griff nach einem Handtuch und rieb sich das Massageöl von den Fingern. Dreher riß den Hörer von der Gabel: «Ja? – Endlich, Ferencz – also, wie ist es gelaufen? – Was?» Sein Gesicht rötete sich, seine Hand umklammerte den Telefonhörer, daß die Knöchel weiß hervortraten, eine Ader an seiner Stirn begann sichtbar zu pochen... Unwillkürlich kroch Cordula unter die Decke und zog sie bis zum Kinn hinauf. «Sag das noch mal», brüllte Dreher, «aber das ist doch hirnrissig... – nichts hätten die euch beweisen können, gar nichts!!... – Was du jetzt tun sollst? Das Zeug muß verschwinden. Kipp den ganzen Mist in irgendeinen See... – gibt doch genug davon dort oben im Allgäu.» Er hörte seinem Gesprächspartner ein paar Augenblicke zu und ging dabei auf und ab wie ein Tiger im Käfig. «Und die Papiere? – Na, wenigstens das...!... Nein... Ab jetzt keinerlei Kontakt. Wir kennen uns nicht!... Was du machen sollst? Hau ab, Mann!» Er knallte den Hörer auf die Gabel. Cordula sah ihn besorgt an. «Ist etwas schiefgelaufen?»

Dreher kam zum Bett, riß ihr die Bettdecke weg. «Los, raus!»

Cordula sah ihn fassungslos an. «Was ist?»

«Ich muß arbeiten, verschwinde!»

«Joachim...?»

«Ich kann dich jetzt nicht brauchen. Los, hau ab!»

«Das meinst du doch nicht so...!»

«Raus hier! Morgen kommt dein Vater zu mir, bis dahin muß ich alles auf der Reihe haben, verstehst du?!»

Cordula wollte noch etwas sagen. Sie kam sich schutzlos vor, ohne die Decke – schutzlos und verloren. Langsam stand sie auf und ging aus dem Zimmer. Im Vorbeigehen nahm sie achtlos ihre Kleider auf. Draußen im Wohnzimmer zog sie sich an. Dreher erschien auf der Schwelle zum Schlafzimmer. Er knöpfte sein Hemd zu. «Tut mir leid, Cordula...»

«Das glaube ich dir nicht», sagte die junge Frau und dann noch mal, um es zu bekräftigen: «Das glaube ich dir nicht.»

Sie ging hinaus. Die Tür fiel ins Schloß. Dreher zuckte die Achseln. «Weiber!» sagte er in geringschätzigem Ton, ging in die Küche, holte eine Flasche Champagner und ein Glas und betrat sein Arbeitszimmer.

Cordula ging zu Fuß zurück zu ihrer kleinen Wohnung, obwohl das ein ziemlicher Weg durch die Stadt war. Zunächst lief sie, so schnell sie konnte. Erst als sie die Staffeln bis zum unteren Herdweg heruntergerannt war, verhielt sie langsam ihren Schritt. Für die herbstlichen Tage war es sehr warm. Sterne glitzerten am Himmel, und eine schmale Mondsichel stieg hinter der Silhouette des Fernsehturms auf. Cordula setzte sich auf die steinernen Stufen einer Treppe, die zu einem verwilderten Garten hinaufführte. Ohne daß es ihr richtig bewußt wurde, weinte sie. In diesem Augenblick wußte sie, daß die Liebe zu Joachim Dreher zu Ende war.

Wahrscheinlich hatte er dieses Ende kühl einkalkuliert. Überhaupt glaubte sie jetzt, daß er sie nie wirklich gemocht hatte – begehrt ja, aber nicht geliebt. So einer war vielleicht überhaupt nicht in der Lage, eine Bindung einzugehen, weil er alles vom Kopf her machte. Dabei hatte er so viel Phantasie bewiesen – damals. Jeden Tag war ihm etwas Neues eingefallen, jeden Tag hatte er sie mit etwas anderem überrascht. Sein Ideenreichtum schien unerschöpflich zu sein. Mit ihm konnte man genausogut in dicken Stiefeln über die rauhe Schwäbische Alb wandern oder beim Juristenball in der Liederhalle bis in den frühen Morgen hinein tanzen. Wenn sie Lust auf eine wilde Nacht in der Disco hatte, war er es, der einen Discobesuch vorschlug, obwohl sie gar nicht darüber gesprochen hatte. Er traf ihren Musikgeschmack auf Anhieb, und die Bücher, die er ihr schenkte, waren immer genau jene, deren Lektüre sie sich gerade vorgenommen hatte. Und er hatte sie schon immer selbst gelesen. Die Gespräche darüber waren dann meistens das reine Vergnügen. Cordula mochte keine Schnittblumen, weil sie davon überzeugt war, daß jede Blume litt, wenn sie abgeschnitten wurde. Joachim Dreher hatte ihr von Anfang an nur kleine, zierliche Topfpflanzen mitgebracht. Er trank wie sie am liebsten trockenen Wermut vor dem Essen und einen samtroten Trollinger danach.

Sie liebte seine elegante Erscheinung, die Lässigkeit, mit der er sich bewegte, die Selbstverständlichkeit, mit der er seine ausgesuchten Maßanzüge trug. Mehr noch liebte sie seine Bereitschaft, sich so von ihr lieben zu lassen, wie es ihr den größten Spaß machte: wild, herrisch, mit einem scharfen Schuß Sadismus. In solchen Augenblicken, da sie sich selber vor ihrem eigenen Temperament und ihren ungewöhnlichen Obsessionen fürchtete, war er es, der ihr zuredete, sie noch zu forcieren.

Dabei konnten beide im nächsten Augenblick sehr zärtlich sein.

Als Cordula Stricker daran dachte, spürte sie plötzlich ein tiefes Verlangen nach ihm. Sie stand auf und wollte zurück – die vielen Staffeln hinauf zum Killesberg, wollte ihn bitten oder zwingen, seine Grobheiten zurückzunehmen...

«Also des ischt ja nix – so a jongs Mädle nachts um die Zeit ganz allein...», sagte eine tiefe männliche Stimme. Auf seinen Stock gestützt, stand ein alter, schwerer Mann vor ihr. Ein kleiner Hund zerrte an seiner Leine.

Cordula lächelte den Mann unter ihren Tränen an. «Ich fürchte mich nicht», sagte sie.

«Darauf kommt's ja au net an», antwortete der alte Mann.

«Worauf denn dann?»

«Daß einem nix passiert!»

«Ja, wahrscheinlich stimmt das.»

«Haben Sie noch weit heim?» fragte der Mann.

«Ich schaff das schon!»

«Soll ich a Stückle mit Ihne gehen?»

Cordula wehrte ab. «Nein, nein, das ist wirklich nicht nötig!»

«Ja, ich weiß schon, es gibt Situationen, da ist man als Mensch lieber ganz allein, gell.» Damit wendete er sich ab und stapfte schwer auf seinen Stock gestützt den Herdweg hinauf. Er zog ein Bein nach, und sein Atem ging so schwer, daß ihn Cordula noch lange schnaufen hörte.

Bienzle fuhr alleine nach Stuttgart zurück. Er suchte Musik im Autoradio, aber was da gesendet wurde, entsprach alles nicht seiner Stimmung. Er schaltete das Gerät wieder ab und hing seinen Gedanken nach.

Wie viele Morde hatte er in seiner Zeit als Chef der Mordkommission aufgeklärt? Siebzig vielleicht, vielleicht waren es auch achtzig gewesen. Aber nur selten war er mit dem Tod, genauer: mit dem Sterben, so nahe in Berührung gekommen. Der Gedanke, daß dieser Mann jetzt noch leben könnte, daß er sein Leben nicht hätte verlieren müssen, machte ihn rasend. Daß ausgerechnet Gächter ihn erschossen hatte, brachte Bienzle gegen den Kollegen und Freund auf. Wütend schlug er mit der Faust auf das Lenkrad. Das hätte nicht passieren dürfen. Er schaltete in den nächsten Gang. Viel zu schnell für seine Verhältnisse raste er auf Stuttgart zu.

Als Cordula ihre kleine Wohnung in Gablenberg betrat, war sie hundemüde und hellwach. Sie schenkte sich ein Glas Wein

ein, setzte sich in einen Sessel, zog die Füße unter den Po und griff nach einer Zigarette. Auf der letzten Wegstrecke war der Haß gegen Joachim in ihr aufgestiegen. Er drängte von innen gegen ihre Kehle.

War es nicht Joachim Dreher gewesen, der ihr den Weg gewiesen hatte, das vermeintlich leichte Geld zu verdienen und dabei auch noch Spaß zu haben? Joachim Dreher hatte ihr den Ekel immer wieder ausgeredet. Fast schien es ihr jetzt so, als ob dies alles Teil eines Planes gewesen wäre. Sie griff nach dem Telefon, wählte seine Nummer, und als er sich mit scharfer Stimme meldete, legte sie wieder auf. Es war vorbei. Und wenn sie ihn morgen wiedersah, würde sie sich in seine Arme werfen. So leicht kam man von diesem Kerl nicht los.

Als Bienzle nach Hause kam, schlief Hannelore bereits. Er machte sich sein Bett auf der Couch im Wohnzimmer. Es gab Nächte, da blieb er lieber alleine.

DONNERSTAG

Stricker stand schon um fünf Uhr auf. Er wollte heute nach Stuttgart, und bevor er die Termine im Wirtschaftsministerium und im Landwirtschaftsministerium wahrnahm, wollte er genügend Zeit haben, um in Ruhe seine Strategie mit Dreher durchzusprechen.

Ingrid Stricker war schon eine halbe Stunde vor ihm aus dem Bett gekrochen. Es wäre ihr nicht in den Sinn gekommen, sich noch mal umzudrehen und weiterzuschlafen, wenn ihr Mann aus dem Haus mußte. Gewohnheitsmäßig machte sie ihm das Frühstück, ebenso gewohnheitsmäßig fragte sie ihn, als sie ihm den heißen Kaffee eingoß: «Soll ich dir eine Reisetasche pakken.»

«Für alle Fälle.»

«Also bleibst du über Nacht?»

«Das wird sich im Laufe des Tags rausstellen. Ohne Not werd ich schon net über Nacht bleibe.»

«Vielleicht kannst du bei Cordula vorbeigehen.»

«Mal sehen», antwortete er abweisend.

«Es wär schön, wenn sie diesmal zu unserem Rehessen käme.»

«Damit sie mit dem Dreher rumknutscht oder was?»

«Du hättest ihn ja nicht einladen müssen.»

«Der Dreher ist mein Anwalt. Außerdem hab ich dir oft genug gesagt, daß das ganz allein meine Sache ist.»

«Ich mag ihn nicht!»

«Der Mann ist ein hervorragender Experte in EG-Recht.»

«Und sicher sonst auch noch in so manchen Sachen», gab seine Frau giftig zurück. «Vergiß deine Tabletten nicht!» Damit verließ sie den Raum, um seine Tasche zu packen.

Als sie die Wäsche, ein frisch gebügeltes Hemd, zwei Ersatzkrawatten und eine Hose in die Tasche schichtete, umfing sie eine tiefe Trauer. Früher war er immer nach Hause gekommen. Da war ihm keine Strecke zu weit. «Ich fahr gern nachts», pflegte er zu sagen, «da hör ich schöne Musik oder denk mir was aus.» Egal, ob er in München oder in Bonn oder in Zürich zu tun hatte – er versuchte nachts in seinem eigenen Bett zu schlafen. Lieber reiste er anderntags ein zweites Mal hin. Und nun? Nach Stuttgart waren es keine 50 Kilometer. Ein Katzensprung. Ingrid Stricker schloß die Tasche. Sie hätte viel darum gegeben, wenn er ihr erzählt hätte, warum er in diesen Nächten nicht nach Hause kam. Fragen würde sie ihn nicht.

Dreher war früher dran als sonst, und er hatte es eilig, als er mit raumgreifenden Schritten durch sein Vorzimmer auf die Tür zu seinem Büro zustrebte. Seine Sekretärin sah auf... «Ach, Herr Dr. Dreher, da ist...»

«Später, Frau König, später!» Damit verschwand er in seinem Zimmer.

«Dann eben nicht», maulte die Sekretärin.

Als Dreher in sein Büro kam, saß Ernst Bienzle im Schreibtischsessel des Rechtsanwalts. Sein Hut lag auf einem Aktenstapel. Der Kommissar hatte – wie es seine Gewohnheit war – die Daumen in den Hosenbund gehakt und streckte die Beine weit von sich. Dreher starrte ihn an: «Also, das ist dann doch...» Ihm schienen die Worte zu fehlen, was selten genug bei ihm war. Bienzle zog einen Führerschein und einen Paß aus der Innentasche seines Jacketts. «Kurt Holtmann, 38, Kraftfahrer. Den kennen Sie natürlich nicht!»

«Ne, wer ist das?»

«Immerhin ist er für Sie gefahren – Fleischimport aus Ungarn!»

«Ausgeschlossen, das wüßte ich!»

Bienzle sah den Rechtsanwalt aus schmalen Augen an. «Vielleicht haben Sie ja die Information schon, daß er gar nimmer lebt – der Kurt Holtmann...»

«Ein Mann, den ich nicht kenne?» Daß Dreher unsicher war, merkte man ihm an. Er hätte sonst Bienzle auch längst die Tür gewiesen. Jetzt holte er tief Luft. «Also, was soll das, Herr Bienzle? Haben Sie sich darauf spezialisiert, mir meine Zeit zu stehlen, oder was?»

«Ich ermittle gegen Sie», entgegnete Bienzle kühl.

Dreher lächelte. «Na gut, jeder macht seinen Job – Zigarre?»

Er öffnete eine teuer aussehende Zigarrenkiste, aber die entpuppte sich als leer. Dreher gab sich amüsiert. Während er zu einem Schrank ging, um eine neue Kiste zu holen, sagte er: «Immer wenn der Staatssekretär Hilbert bei mir war, ist die Zigarrenkiste anschließend leer. Er präferiert die gleiche Marke wie Sie.» Dreher stellte die neue Kiste, schon geöffnet, vor Bienzle hin, der sie freilich ignorierte. «Also, was werfen Sie mir vor, Herr Kommissar?»

Bienzle stand auf, er blieb kühl und geschäftsmäßig: «Sie sind unter anderem Geschäftspartner der ‹Fleisch-Ex›, einer Ex- und Importfirma, die sich auf die Ein- und Ausfuhr von Fleisch in die Ostländer spezialisiert hat.»

«Ich sehe, Sie können ein Handelsregister lesen.» Dreher setzte sich in seinen frei gewordenen Schreibtischstuhl. Bienzle fuhr unbeeindruckt fort: «Fleisch, das sehr nahe am Verfallsdatum ist, geht in die Ostländer, die weniger strenge oder gar keine Verfallsdaten haben. Diese Art Ausfuhr wird doch subventioniert, nicht wahr?»

«Wir unterstützen damit die armen Menschen in den östlichen Ländern!»

«Manchmal soll's aber auch schon übers Verfallsdatum hinaus sein und gar nicht aus dem Überschuß, sondern aus dem Ausschuß stammen... Ungenießbares Fleisch, zur Vernichtung bestimmt.»

Dreher grinste. «Das sollte die Polizei aber nach Möglichkeit verhindern, Herr Kommissar!»

Bienzle blieb weiter gelassen. «Und wie ist es, wenn Sie Fleisch aus Polen oder Ungarn importieren?»

«Irgendwie müssen wir den Ländern ja eine Chance geben, an Devisen zu kommen.»

«Könnte aber das gleiche Fleisch sein. Neu gestempelt und in den Papieren mit einem ganz neuen Verfallsdatum versehen.»

«Nicht ausgeschlossen, daß gewissenlose Menschen so etwas machen – ich gehöre nicht dazu!»

Bienzle blieb bei seiner Gedankenkette: «Könnte auch sein, daß man das Fleisch nur zum Schein ausführt und nicht mit leeren Lastwagen, sondern mit der gleichen Ladung zurückfährt.»

Dreher schüttelte den Kopf. «Da müßte einer aber schon sehr raffiniert vorgehen. Also, ich hielte das für ausgesprochen riskant.»

«Dafür könnte aber auch ganz schön was dabei rausspringen, hm? Ich meine, wenn man so etwas öfter oder gar regelmäßig macht.»

Dreher lachte. «Mehr als Sie und ich in unserem ganzen Leben verdienen können...»

«Man darf sich halt bloß net dabei erwische lasse, net war!»

Dreher hatte seine Sicherheit zurückgewonnen. «Ich denke, das war's dann wohl, Herr Kommissar. Ihre Gedankenspiele sind ja nicht uninteressant, aber sie bringen uns nicht weiter. Sagen Sie doch klipp und klar, was Sie mir vorwerfen, und legen Sie die Beweise dafür auf den Tisch.»

Bienzle nickte. «Genau das hab ich vor. Das Veterinärwissenschaftliche Institut wird die Rinderhälften untersuchen.

Wir konnten sie zum Glück heute nacht noch beschlagnahmen...» Drehers Augenlider flatterten. Kleine Schweißperlen erschienen auf seiner Stirn. Bienzle, der das sehr wohl registrierte, fuhr genüßlich fort: «Der Fahrer hat den LKW mit den Rinderhälften in seiner Panik einfach in einem Waldstück stehenlassen und ist getürmt.»

«Und die Papiere?» fragte Dreher lauernd.

«Ganz recht, die hat er mitgenommen. Trotzdem werde ich Ihnen beweisen, daß es Ihre Ladung war...»

«Sie meinen, er hat ein Fahrzeug unserer Firma benutzt?»

«Er hat ein neutrales Fahrzeug benutzt, und die Nummernschilder stammen von einem deutschen Camping-Bus, der jetzt ohne Kennzeichen auf irgendeinem Zeltplatz am Plattensee steht – aber das ist natürlich alles Kinderkram... – ab jetzt wird's ernst, Herr Dr. Dreher.»

«Sie überschätzen sich, Bienzle!»

«Glaub ich weniger.»

«Sie werden mir gar nichts beweisen.»

«Sondern?»

«Warten Sie's ab. Ich wette, das hier war unser letztes Gespräch. Mit Ihnen werde ich leicht fertig.»

Bienzle behielt seine heitere Gelassenheit. «Jetzt hätten Sie mir doch beinah Angst g'macht!» Er ging zur Tür, nahm die Klinke in die Hand und sagte: «Aber daß der Herr Staatssekretär Hilbert Ihre Zigarren raucht, hat mich natürlich beeindruckt.» Dann ging er vollends hinaus.

Im Vorzimmer ging Stricker nervös auf und ab. Er war erstaunt, Bienzle zu sehen. «Tja, Paul, es ist schon komisch – erst sieht man sich jahrelang nicht und dann gleich zweimal innerhalb 24 Stunden.» Er ging hinaus. Ein paar Sekunden später kam Dreher aus seinem Büro. «Frau König, bestellen Sie bitte Zigarren nach...» Dann ging er mit ausgestreckter Hand auf seinen Mandanten zu. «Guten Morgen, Herr Stricker, sind Sie aufgehalten worden?»

Strickers Mund wurde schmal. «Wie kommen Sie darauf? Ich glaube nicht, daß ich zu spät bin. Das gibt's bei mir nicht.»

Er übersah Drehers Hand und ging voraus in dessen Büro, wo er seine schwere, altersschwache Aktentasche auf den Besuchertisch wuchtete.

Drehers Kanzlei war in der Königstraße. Schon als Student war er immer wieder vor dem ansehnlichen Gebäude aus Stahl und Glas stehengeblieben und hatte zum ersten Stock hinaufgezeigt. «Und dort oben richte ich mal meine Kanzlei ein.» Natürlich hatten sie ihn ausgelacht. «Mach erst einmal deine Prüfungen», hatte sein alter Kumpel Jan Breitmannsberger gesagt. «Und dann heiratest am besten die Tochter vom alten Wolf und trittst beim Alten als Juniorpartner ein. Schön isch se zwar net, aber reich dafür. Und schön bist ja selber.»

Den Plan fand Dreher nicht schlecht, hätte es allerdings nie zugegeben. Bei Saskia Wolf war er dann abgeblitzt. Vielleicht hätte sie sich ja für ihn erwärmen können, wenn sie grundsätzlich nicht lieber mit Frauen gelebt hätte. Geschafft hatte er's trotzdem. Das chromblitzende Schild «Dr. Joachim Dreher – Rechtsanwalt» hatte er schon an dem Haus angebracht, als er noch nicht einmal den Termin für sein Rigorosum hatte. Aber wenn man sich selber so sicher ist, daß man seinen Doktor mit links macht..., was sollte da noch passieren. Es passierte ja dann auch nichts.

Bienzle kannte Drehers persönliche Geschichte von jenem Rechtsanwalt Breitmannsberger, der mit Dreher studiert hatte. «Später hast mit dem aber nichts mehr anfangen können», sagte er einmal zu Bienzle, «der hat abgehoben.» Neuerdings sehe man den Dreher manchmal mit einem gewissen Hannes Schlier, der die Fraktion der Republikaner im Landtag führte. «Sage mir, mit wem du umgehst...», sagte Breitmannsberger, der sich selber für die SPD engagierte. Er strafe den ehemals besten Freund und Kommilitonen mit Verachtung, «damit ich nicht in die Versuchung komme, ihm bei Gelegenheit die Nase blutig zu schlagen.»

Bienzle sammelte alles, was er über Dreher erfahren konnte. Und als er hörte, der Anwalt sei einem Spielchen, auch wenn's nicht ganz legal angesetzt wurde, niemals abgeneigt, beschloß er, sich in den einschlägigen Hinterzimmern nach ihm zu erkundigen.

Das war nun schon gut zwei Wochen her, da war Bienzle abends kurz vor Mitternacht zum «Magstädter Hof» gegangen und hatte an der Hintertür geklopft. Eine Klappe wurde geöffnet, ein Fuchsgesicht erschien. «Nichts zu machen», sagte das Fuchsgesicht.

«Conny Linus hat aber gesagt...»

«Das ist was anderes.» Bienzle wurde eingelassen. Er musterte den jungen Mann mit dem roten Drei-Tage-Bart. Schlechte Organisation hier, wenn die einen Türsteher hatten, der einen Polizisten nicht als solchen erkannte. Bienzle war's zufrieden. Vielleicht hatte er ja doch nie diesen berühmten Stallgeruch angenommen.

Er betrat die Bar. Schummriges Licht, wenig Gäste – Rauchschwaden unter den kupfernen Deckenlampen. Er wußte, man würde ihm gleich einen bestimmten Barhocker anbieten – den Platz eben, der von einer Kamera überwacht wurde. «Auf den Hocker setzen und versteckt zwei Finger hochhalten – die Kamera ist links hinter der Bar, neben dem Bild von Juliette Greco», hatte ihm Tobby Taschner gesagt, jener junge Mann, der ihm auch als Sesam-öffne-Dich den Namen Conny Linus verraten hatte.

Kurz darauf erschien Susi, die Barfrau, musterte Bienzle mißtrauisch, belud ein Tablett mit allerlei Getränken und rief dem Barmann zu: «Fünf Gläser Puffbrause brauch ich noch.» Das Gewünschte wurde gezapft. Susi nickte Bienzle auffordernd zu und ging vor ihm her die schmale, steile Treppe hinauf. Sie hatte Beine wie Ute Lemper und einen Hintern wie

Sophia Loren. Bienzle fand, daß das irgendwie nicht zusammenpaßte.

«Am Tisch regiert Frank Schiller – das ist der große Zampano», hatte Tobby Taschner gesagt. «Und die Bank hält Hajo Stubica – die zwei sind 'n eingespieltes Team.»

Frank bekam gerade einen Pott mit Geld zugeschoben, während Hajo den Verlierer verabschiedete. «Na dann, danke fürs Gespräch!» Der Mann zog wortlos ab.

Bienzle sah sich um. Ein schmuckloser Raum mit einer kleinen Bar, ein paar verblichenen Fotografien an der Wand und einem Spieltisch in der Mitte. In einem Nebenraum, zu dem der Durchgang offen war, würfelten ein paar Männer.

Bienzle setzte sich auf den frei gewordenen Stuhl und kramte ein Zigarillo aus der Schachtel.

«Zeig erst mal, was du an Alabaster im Futter hast», sagte Hajo Stubica. Bienzle sah ihn fragend an. «Flocken, Alter», ließ sich Schiller hören. Bienzle fand, daß er diesen Namen nicht tragen sollte. Er ließ Geld sehen. «Grundstock ein Pfund», rief Schiller über den Tisch. Das bedeutete 20 Mark Grundeinsatz. Hajo gab die Karten. Bienzle fächerte die seinen auf. Drei Neuner, das ließ sich gut an. Er legte noch einmal zwei Zehnmarkscheine auf das Geldhäufchen. Schiller ließ sich zwei Karten geben, pfiff durch die Zähne, sagte: «Kilo an!» und legte einen Hunderter dazu. Bienzle erhöhte ums Doppelte: «Hundert und noch mal hundert dazu.» Stubica paßte. Schiller sagte: «Deine zwei Kilo und noch mal zwei...» – «Und 50 zum Sehen», sagte Bienzle. Frank Schiller legte drei Könige, Bienzle drei Neuner und zwei Damen. «Guter Pott», sagte Stubica anerkennend. «Deal mit Fortuna, was?» ließ sich Susi hören. Frank schob Bienzle das Geld zu, aber Bienzle schob es zurück.

«Was ist los?» wollte Stubica wissen.

«Ich spiel nicht um Geld», sagte Bienzle trocken. Die anderen starrten ihn an.

«Spinnste oder was?» schrie Stubica.

«Wenn du uns flachsen willst, rasier ich dir den Hals ohne Schaum», zischte Schiller.

«'s isch halt so», sagte Bienzle gleichmütig.

«Net lalle, ganze Sätze bilde!» sagte Schiller mit einem gefährlichen Unterton in der Stimme.

«Klar, wenn einer Schiller heißt...» Bienzle grinste ihn an. Plötzlich war es so still im Raum, daß man die Stimmen aus der unteren Bar einzeln verstehen konnte.

Zwei kräftige junge Männer erschienen im Durchgang zum Nachbarzimmer. Von unten kam das Fuchsgesicht herauf. Frank Schiller kippte seinen Stuhl bis an die Wand zurück und stemmte die Sohlen seiner Schlangenlederstiefel gegen die Tischkante. «Also?»

Bienzle warf seinen Dienstausweis auf den Tisch. «Schicken Sie die anderen raus, ich hab mit Ihnen zu reden, Herr Schiller.» Ein paar Spieler machten sich schleunigst auf den Weg. Andere trollten sich erst, nachdem auch Hajo Stubica freiwillig die Treppe hinuntergestiegen war.

«Ganz schön linke Tour», sagte Schiller. «Wollt ihr...»

«Nicht ‹ihr›», unterbrach ihn Bienzle. «Ich bin auf eigene Faust und Rechnung da.»

«Wer 's glaubt...!»

«Mir egal, was Sie glauben – ich will nur eine einzige Auskunft, und dann laß ich euch in Ruhe...»

Schiller sah Bienzle mit träumerischen Augen an. «Was versteckt sich denn da für eine Sauerei dahinter?»

«Ich will alles hören, was ihr über Dr. Joachim Dreher wißt!»

Viel war es nicht gewesen. Vielleicht mauerte Schiller ja auch. Und ganz bestimmt würde er sofort, nachdem Bienzle gegangen war, Dreher anrufen. Aber genau das hatte Bienzle ja erreichen wollen. Zwei Dinge wußte der Kommissar nach dem erzwungenen Informationsgespräch: Dreher hatte nicht nur hier, sondern auch in Konstanz und Baden-Baden ein Vermögen verspielt. Und er hatte eine Freundin, die eine Zeitlang als Domina in einem Studio gleich gegenüber gearbeitet hatte.

Als Bienzle dann am Montag von Frau Stricker hörte, Cordula sei mit Dreher zusammen, hoffte er inständig, daß Dreher nicht nur diese eine Freundin hatte. So einer verdarb sich ja ohnehin nicht wegen einer Frau die ganze Kundschaft.

Bienzle erinnerte sich gut daran, wie er Cordula Stricker zum ersten Mal gesehen hatte. Da mochte sie vier oder fünf Jahre alt gewesen sein, und er hatte sich zum ersten Mal gewünscht, selber Kinder zu haben, den Gedanken aber gleich damit abgetan, daß er sagte: «Und wer garantiert mir, daß die dann auch so werden?»

Die Atmosphäre war gespannt. Stricker saß steil aufgerichtet auf der vorderen Kante seines Stuhls und beobachtete jede Handbewegung Drehers, wie ein Wachhund, bei dem man ständig gewärtig sein muß, daß er zuschnappt. Jetzt nahm er dem Rechtsanwalt einen Zettel aus der Hand, der mit Zahlen bekritzelt war, und schwenkte ihn hin und her. «Die Ansprüche unserer Freunde im Ministerium sind bald so hoch, daß es sich für uns nimmer lohnt!»

«Ohne die Schützenhilfe der Herren hätten wir in Brüssel vieles nicht erreicht. Also ich halte die Forderungen für durchaus angemessen – da wären übrigens auch noch meine...» Dreher schob ein Stück Papier über den Tisch, das er von einem Stenoblock abgerissen hatte. Stricker warf einen Blick drauf. «Soll das etwa eine Rechnung sein?»

«Herr Stricker, ich bitte Sie, mir steht ein angemessenes Honorar zu.»

Jetzt erst beschäftigte sich Stricker eingehender mit den handschriftlichen Zahlen auf dem Papier. Langsam hob er den Kopf und starrte Dreher ungläubig an.

«160000 Mark!! – Ja, sind Sie auch noch ganz gebacke?»

Dreher antwortete kühl: «Ich habe alle Ihre Subventionsanträge beim Wirtschaftsministerium, beim Landwirtschaftsministerium und in Brüssel durchgebracht...!»

«Ja, und?»

«Das Ergebnis kennen wir beide – das sind – alles addiert – zweistellige Millionenbeträge!»

Noch mal stieß Stricker hervor: «Ja, und?»

«Jedenfalls fallen derartige Leistungen nicht unter die Gebührenordnung der Rechtsanwälte.»

«Sondern?»

Dreher lachte leise. «Schon eher unter die Kategorie ‹Schweigegeld›.»

Stricker sprang auf und ging während der nächsten Sätze in schnellen Schritten zwischen Fenster und Tür hin und her. «Sie wissen so gut wie ich, daß das ganze Finanzierungssystem der EG ungerecht ist. Man muß sich seinen Anteil, der einem rechtens zusteht, holen – egal wie, sag ich mal. Und ich bin froh, daß Sie mir da rechtskundig zur Seite gestanden haben. Aber wenn Sie jetzt versuchen...» Er machte am Tisch halt und hämmerte mit dem Zeigefinger auf Drehers Rechnung herum... «wenn Sie jetzt versuchen, daraus derartig Kapital zu schlagen... – ich denke ja nicht dran, eine solche Rechnung zu bezahlen. Das lehne ich ab!»

Dreher blieb ruhig. «So einfach geht das ja nun nicht!»

«Doch», schnappte Stricker, «so einfach geht das! Entweder Sie stellen mir eine seriöse Abschlußrechnung, oder unsere Wege trennen sich.»

«Sie wissen, was das bedeutet?»

«Das bedeutet, daß ich mir einen anderen Rechtsanwalt suchen werde. Weiter nix!»

«Das würde Sie aber verdammt teuer zu stehen kommen!»

«Was ist?»

«Herr Stricker, das muß Ihnen doch klar sein: Ich weiß sehr viel über Sie... Und das beziehe ich durchaus nicht nur auf den geschäftlichen Bereich! Und dieses Wissen ist – sag ich mal – sehr viel mehr wert, als ich jetzt von Ihnen verlange...»

Stricker schnappte nach Luft. «Sie müssen verrückt geworden sein, durchgedreht, übergeschnappt!»

Dreher stand nun auch auf. «Überlegen Sie sich's!»

Stricker atmete ein paar Mal tief durch und setzte dann wieder an. «Ich glaub, Sie habet mich mißverstanden. Es war mir angenehmer, daß Sie das alles für mich geregelt haben – fast alles wenigstens.»

«Es war, wie Sie schon sagten: Ich war lediglich Ihr Rechtsbeistand – wir wissen beide, die Anträge waren gefälscht.» Er sagte das ganz beiläufig.

«Ist das Ihr Ernst – gefälscht? Und dabei habe ich mich doch ganz und gar auf den Rat meines Rechtsanwaltes verlassen. Ich bin doch bloß ein kleiner, mittelständischer schwäbischer Unternehmer aus dem Murrtal, noch hinter Backnang. Wozu hat man denn einen Rechtsanwalt? Ja, um Gottes Willen, in was haben Sie mich da womöglich hineingeritten, Herr Rechtsanwalt Dr. Dreher. Wenn ich das g'wußt hätt...»

Von Dreher war alle Lässigkeit abgefallen. Einen Augenblick sah es so aus, als wolle er sich auf Stricker stürzen. Schließlich unterbrach er die Suada des Unternehmers: «Es gibt ja auch noch andere Dinge...»

«Wenn Sie auf das Verhältnis mit meiner Tochter anspielen – das war mein größter Fehler, daß ich das nicht von Anfang an unterbunden habe!»

«Ach ja, ich bin Ihnen wohl nicht gut genug, was?»

Stricker lächelte dünn. «So könnte man sagen, jawoll! – Im übrigen wär ja schon die Tatsache, daß Sie die Polizei im Haus haben, Grund, sich von Ihnen zu trennen!»

«Was hab ich?»

«Zufällig ist dieser Ernst Bienzle ein guter alter Bekannter von mir.»

Dreher winkte geringschätzig ab. «Ach, Bienzle...!»

«Vorsicht, Herr Dr. Dreher, den hat man schon früher immer unterschätzt.»

«Das kenne ich», langsam kriegte Dreher wieder Oberwasser, «mich scheint ja auch so mancher zu unterschätzen.»

Stricker ging gar nicht darauf ein. Er packte seine Aktentasche und ging zur Tür. «Also – eine seriöse Honorarabrechnung, und dann reden wir weiter. Grüß Gott!»

Dreher sparte es sich, den Gruß zu erwidern. In seinem Kopf nahm schon seit ein paar Minuten ein teuflischer Plan Gestalt an. Es paßte zu Stricker, daß er die Andeutungen des Rechtsanwaltes nicht verstanden hatte. Er trennte scharf zwischen Geschäft und Privatleben. Und schon gar nicht konnte er sich vorstellen, daß ausgerechnet Dreher darüber Bescheid wußte, warum er seine Stuttgartbesuche immer häufiger um eine Nacht verlängerte.

Bienzle war kein besonders mutiger Mensch. Schwierigkeiten ging er nach Möglichkeit aus dem Weg. Er war nicht gerade harmoniesüchtig, aber um Konfliktsituationen machte er einen weiten Bogen, wenn's ging. Und so fuhr er auch nicht ins Präsidium, wo der neue Präsident sicher schon begierig darauf wartete, ihn wegen des Todesfalls an der Grenzstation zur Verantwortung zu ziehen. Bienzle fuhr aufs Land. Man mußte ja die Familie und die Freunde des verstorbenen Kurt Holtmann befragen. Zu spät überlegte er sich, daß es da ja noch zu viel härteren Konflikten kommen konnte. Schließlich war der Kraftfahrer von einem Polizisten erschossen worden, der zudem auch noch unter seinem, Bienzles Kommando gestanden hatte.

Die Familie Holtmann wohnte in Grab – einem kleinen Ort im Schwäbischen Wald, der am ehemaligen Limes, jenem sagenhaften Schutzwall der Römer, lag, dessen Verlauf man heute noch mit dem bloßen Auge wahrnehmen konnte. Daher hatte das Dorf auch seinen Namen. Es lag am Limesgraben. Auf den zweiten Teil des Wortes ging der Ortsname zurück.

Wer in Grab und Umgebung etwas wissen wollte, ging ins «Rössle», dessen Wirt weit über die Landesgrenzen hinaus als Wildwurstmetzger und Gastgeber bekannt war. Bienzle hatte schon früher dort gesessen, als er wegen eines Frauenmordes zu ermitteln hatte und alle den Schuldigen im nahe gelegenen Rehabilitationszentrum für Nichtseßhafte vermuteten. Jetzt, da er langsam die Sulzbacher Steige hinauffuhr und sein Blick über die weit gezogenen Hügelketten des Murrhardter oder des Mainhardter Waldes glitt, ärgerte er sich, daß er nicht noch mal zu Hause vorbeigefahren war, um den Hund mitzunehmen. Zwei, drei Stunden durch diesen Wald zu schnüren – das hätte ihnen beiden gutgetan.

Als er die Steintreppen zum «Rössle» hinaufstapfte, war es zwei Uhr. Das Lokal war leer. Nur an einem Tisch saß ein bulliger Mann so um die Fünfzig, mit einem graumelierten Bart und einer Mähne auf dem Kopf, die dringend nach einem Friseur verlangte. Bienzle kannte den Mann irgendwoher, wußte aber nicht, wo er ihn hintun sollte.

«D' Küch' ist zu!» war das erste, was der Kommissar hörte, als er das Lokal betrat.

«Jetzt sei net so, Lina», sagte der Bärtige, «der Mann wird Hunger han!»

«Des hent se alle, und i han's Gschäft», schimpfte die Tante des Wirts. Sie war nun bald achtzig, hatte es im Kreuz und in den Beinen, ging gebückt und balancierte das Tablett mit den Gläsern stets an der Grenze des Absturzes. «A Suppe!» krächzte sie.

Bienzle erinnerte sich, daß in diesem Lokal noch immer eine Suppenschüssel auf den Tisch kam, aus welcher der Gast schöpfen konnte, so viel er wollte.

«Mir noch a Viertele Nordheimer, Helmut», rief der Bärtige.

«Aber unser Achtele trinke mr nachher trotzdem», kam es hinter der Theke hervor.

«Grüß Gott, Herr Klenk», sagte Bienzle zum Wirt. Man mußte den Wirt suchen hinter all den Flaschen und Gläsern, die sich um ihn herum türmten.

Helmut Klenk grüßte zurück. «Mir kennt uns, gell?»

«Ist es gestattet?» fragte Bienzle und setzte sich zu dem einzigen Gast.

«Sie kennen doch sicher die Geschichte», sagte der. «Ein Schwabe kommt in ein Lokal mit 20 Tischen. An jedem sitzt nur ein Gast, obwohl überall mindestens sechs Leut Platz hätten. Da sagt der Schwabe zu seiner Frau: ...»

«Komm, Else, mir gehet wieder, da isch's überfüllt!» ergänzte der Kommissar. «Bienzle mein Name.» Der Bärtige stellte sich ebenfalls vor, und da wußte Bienzle plötzlich wieder, woher er ihn kannte. Der Mann schrieb Bücher und vor allem Fernsehstücke mit der Geschwindigkeit eines wurffreudigen Karnickels. Vieles in Mundart, und davon gefiel Bienzle sogar einiges. Er sagte es dem Schriftsteller, vergaß aber nicht hinzuzufügen, daß seine Tatorte und seine Kriminalromane verdammt wenig mit der Wirklichkeit zu tun hätten.

«Klar», gab der freimütig zu. «Die Wirklichkeit ist nicht spannend, oder soll ich schreiben, wie ein Polizist drei Tage Protokolle schreibt, Formulare ausfüllt, um Rechtssicherheit ringt und vor lauter Bürokratie nimmer zum Schaffe kommt. Und dann passiert so was wie gestern in Lindau.»

«Deshalb bin ich da», sagte Bienzle und stellte sich vor.

«Oh, du liabs Herrgöttle von Biberbach, wie hent d'Muckka verschissa», entfuhr es dem Bärtigen. Bienzle starrte ihn sprachlos an. «Ist was?» fragte der Schriftsteller.

«Das will ich meine – das ist nämlich mein Spruch!»

Lina brachte die Suppe. Die Schüssel schlingerte so, daß der Inhalt immer dicht bis zum Rand schwappte – aber halt nur bis an den Rand und nicht darüber hinaus.

«Wenn ich realistisch schreibe, wird's net spannend», nahm der Bärtige das Thema wieder auf, «und wenn ich spannend schreibe, kann's nicht der Realität entsprechen. Aber natürlich muß eine Geschichte ihre innere Realität haben. In sich muß sie stimmen...»

«Oh, schwätz au net soviel», sagte Lina.

Helmut Klenk kam mit dem Nordheimer Trollinger und setzte sich zu den beiden. Der Schriftsteller zog aus seinem Rucksack ein schmales Buch heraus und schlug es auf. «Ich les Ihne was vor, Herr Bienzle...»

«Gern – schon als Kind hab ich mir am liebsten vorlesen lassen.» Er schöpfte seinen Teller mit Griesklößchensuppe voll.

Der Schriftsteller las vor: «Ich glaube, der Sinn der Literatur liegt nicht darin, daß Inhalte vermittelt werden, sondern darin, daß das Erzählen aufrechterhalten wird. Weil die Menschen Geschichten brauchen, um überleben zu können. Sie brauchen Modelle, mit denen sie sich ihr eigenes Leben erzählen können. Nur das Leben, das man sich selbst erzählen kann, ist ein sinnvolles Leben...»

Bienzle nickte. «Kenn ich – Peter Bichsel!» Jetzt war es an dem Schriftsteller, den Kommissar verwundert anzustarren.

Bienzle zitierte aus dem Gedächtnis: «In Langnau im Emmental gab es ein Warenhaus. Das hieß *Zur Stadt Paris*. Ob das eine Geschichte ist?»

«Sie haben das Buch auch gelesen?»

«Wundert Sie das?»

«Ja, schon», gab der Schriftsteller zu.

«Der Bichsel sagt, er setze seine Geschichten der Geschichte entgegen.»

«Ja, die Schweizer», der Schriftsteller nickte. «Der Friedrich Glauser war auch so einer.»

«Und der Dürrenmatt», sagte Bienzle.

«Prost», sagte der Wirt. «Laufscht nüber oder soll ich dich fahre?»

«I lauf», sagte der Schriftsteller und erklärte dem Kommissar: Er habe ein Häusle, drüben in Liemersbach – eine gute Stunde von hier zu Fuß durch den Wald.

Das hätte Bienzle jetzt gefallen, mit diesem Mann durch den Murrhardter Wald zu laufen, noch ein zweites Mal einzukehren, seine Geschichten zu erzählen, die vielleicht doch nicht so langweilig waren, wie der Schreiber vermutete. Aber er hatte ja hier zu tun. «Dieser Holtmann», sagte er zum Wirt, «was war das für einer?»

«Man soll über Tote nix Schlechtes sage», gab Helmut Klenk zurück.

«Voher has noch g'sagt, ‹ein Taugenichts und Tunichtgut›!» warf der Schriftsteller ein.

«Ja no, zu dir, du bist mei Freund!» Dann zu Bienzle: «Er hat noch immer bei seiner Mutter g'wohnt, aber er hat ihr nix als Scherereie g'macht. Trotzdem, so hätt er net sterbe müsse.»

«Allerdings», bestätigte Bienzle aus vollem Herzen.

Lina streckte den Kopf zur Tür herein. «Ein Leberkäs könnt ich Ihne warm mache, und a Kartoffelsalat wär au no da.»

Bienzle begann sich richtig wohl zu fühlen.

Später war er dann zum Haus der Holtmanns gegangen. Eine Frau, die er so auf um die 70 schätzte (später stellte Bienzle fest, daß sie erst 59 war), empfing ihn unter der Tür. Sie hatte schon gehört, daß ein Kriminaler im Flecken sei und sie besuchen werde. Für so ein Dorf brauchte man keine Zeitung.

Dann saßen sie in der Küche. Da stand neben dem Elektroherd noch der Holzherd mit den sieben Ringen über jeder Öffnung und dem Wasserschiff. Meistens koche sie auf dem, sagte Frau Holtmann. Der Bub werde ihr fehlen, obwohl er oft ein «Onaitiger» gewesen sei. Bienzle übersetzte sich die Bezeichnung im stillen. «Ein Unnötiger» – so sagte man hier zu einem, der nicht nach der Norm geraten war.

«Wir machen uns große Vorwürfe», sagte Bienzle.

«Mit Recht! So schmeißt man ein Leben net weg», sagte Frau Holtmann.

Bienzle nickte nur. Jetzt wußte er, um wieviel leichter es gewesen wäre, ins Präsidium zu gehen und sich die Vorwürfe des neuen Herrn Präsidenten anzuhören.

Frau Holtmann sagte: «Dabei habet mir denkt, jetzt wär's Gröbste überstanden, seitdem er für den Stricker g'fahren ist.»

«Er ist für den Stricker g'fahren – für die Fleisch- und Wurstfabrik Paul Stricker, drunte in Weisangen?»

«Seit dem 1. Januar, ja. Er ist so ein feiner Mensch, der Herr Stricker!»

Der Satz blieb in Bienzles Kopf. «Er ist so ein feiner Mensch, der Herr Stricker!» Der Kommissar war durch das Dorf hinuntergegangen bis zu einer kleinen Brücke, die über ein schmales Rinnsal führte. Auf der anderen Seite führte ein Weg steil und gerade zu einem Weiler namens Schöntalhöfle. Keuchend stieg er hinauf, redete beruhigend mit einem Hund, der hinter einem Maschendrahtzaun bellte, scheuchte ein paar Hühner zur Seite, durchschritt die kleine Ansammlung stattlicher Häuser und erreichte eine kleine waldgesäumte Hochebene. Und wieder ging der Blick über die wellenförmige Landschaft, in der sich Wälder und Wiesen abwechselten und schmale braune Wege in schwungvollen Kurven Linien in die Landschaft zeichneten. Linkerhand senkte sich die Wiese zu ein paar Forellenteichen hin. Von dort klang Popmusik herauf. Neugierig stieg Bienzle durch das hohe Gras hinab. Von der anderen Seite kam der Schriftsteller, der auf dem Nachhauseweg war. Er balancierte auf dem schmalen Steg zwischen zwei Teichen und schien nicht mehr ganz nüchtern zu sein.

«Wo kommt denn die Musik her?» fragte Bienzle.

«Der Bauer hat ein Radio aufgestellt. Das dudelt den ganzen Tag, um die Fischreiher zu vertreiben, die fischen sonst nämlich den Teich in Null Komma nix leer.»

«Und das hilft?»

«Ich hab ihm ja auch gesagt, er soll einen Maschendraht drüberlegen, aber das käm ihn teurer.»

«Also hilft die Musik tatsächlich?»

«Noch – die Reiher werden sich daran gewöhnen. Die sind wie wir – wir gewöhnen uns ja auch an alles. Behüt Sie Gott, Herr Bienzle!» Daran, daß er so grüßte, merkte der Schriftsteller selber, daß er nicht mehr ganz nüchtern war. Er drehte sich noch mal um und rief: «Über so einen wie Sie könnt man auch mal was schreiben.» Dann verschwand er auf einem gras- und moosbewachsenen Weg, der sich zwischen hohen Buchen verlor.

Joachim Dreher hatte sich sofort nach Strickers Abgang mit Wibke Nehrlich verabredet. Schon immer war es sein Prinzip gewesen, sich möglichst viele Menschen zu verpflichten. Wibke hatte er nicht nur in zwei Prozessen gegen Exfreier vertreten, die meinten, die Frau um ihren Lohn betrügen zu können. Er hatte auch einmal einem ihrer Zuhälter, der sie ausgenommen hatte wie eine Weihnachtsgans, so zugesetzt, daß der für immer aus Stuttgart verschwunden war und Wibke sogar noch eine Abfindung hinterlassen hatte.

Wibke war eine unbezahlbare Informantin. Man glaubte ja gar nicht, wer alles heimlich seinen sexuellen Obsessionen frönte. Dabei berichtete Wibke nicht nur über den eigenen Kundenstamm. Sie entwickelte im Laufe der Zeit enorme detektivische Qualitäten. Die Ergebnisse ihrer Erfahrungen und Recherchen hatte Dreher in einer speziellen Datei seines Computers abgelegt. Material, das man irgendwann einmal würde versilbern können, wenn alle anderen Methoden, angemessen Geld zu verdienen, nicht mehr funktionieren sollten.

Nun saß er seiner Informantin im «Fresco» gegenüber, einem Bistro, das in die neue Staatsgalerie eingegliedert war. Ein schlechter Ort für einen solchen Treff; denn der Raum war kühl, sachlich und ohne Textilien eingerichtet – Stein, Stahl und Glas. Da wurde der Schall nicht gedämpft. Die Stimmen trugen weit. So kam es, daß Drehers geflüsterte und gehauchte Sätze noch konspirativer wirkten, als sie ohnehin schon gedacht waren.

Wibke war eine vulgär schöne Frau. Sie trug Schaftstiefel bis über die Knie, Lurex-Leggings, knappe Seidenshorts und ein Shirt aus dem gleichen Stoff wie ihre Leggings – vielleicht war's ja auch ein durchgehendes Kleidungsstück. Die Haare waren auf wenige Millimeter Länge zurechtgestutzt und lagen wie ein Helm am Kopf. Das Violett ihres Lippenstifts fand sich in den Ohrgehängen und einer Kette um den Hals wieder.

«Nein, ich arbeite nicht mehr mit Cordula zusammen», sagte Wibke.

«Dann wirst du eine Ausnahme machen müssen.»

«Ne, du, bei aller Liebe...»

«Doch, du, heute ist Zahltag. Und du hast immer gewußt, daß der mal für dich kommen würde. Cordula ist dir verpflichtet, das weiß ich. Und du bist mir verpflichtet, das weißt du. Also...»

«Scheißkerl!»

«Nenn mich, wie du willst.»

«Was willst du also?»

«Ich brauche deine schärfste Einladungskarte...»

«Hab ich immer dabei, man weiß ja nie...»

«Sehr gut...»

«Und weiter?»

«Schreib nur drauf: ‹Du kommst heute abend, und keine Widerrede!›»

«Und du meinst, das bringt's?»

«Du bist die Domina!»
«Gut, und weiter?»
«Dann sorgst du dafür, daß Cordula für dich einspringt!»
«Das tut die doch nie!»
«Du wirst es schon schaffen.»
«Sagst du mir auch, wie?»
«Was wirkt bei euch Frauen am besten? – Du hast dich verliebt. Und zwar endlich richtig – so mit allem Drum und Dran. Das reine Melodram. Er kommt überraschend heute abend. Und wenn alles gutgeht, bleibt ihr zusammen, und er holt dich aus der ganzen Scheiße heraus.»
«Mein Märchenprinz!»
«Genau!»
«Dich sollte man an den Eiern aufhängen, Advokat!»
«Ich habe andere Präferenzen, mein Schatz. Wenn du's schaffst, sind wir quitt!»
«Und wenn nicht?»
«Du willst doch ganz bestimmt nicht, daß deine kleine Tochter erfährt, wie du ihren Internatsaufenthalt finanzierst!»
«Du Drecksau!»
Dreher blieb kühl. «Es ist ein Geschäft, Süße, und du kannst 'ne Menge dabei verdienen. Also?!»
«Warum machst du das, Joachim? Was hat sie dir getan?»
«Sie? – Nichts!»

Bienzle war doch noch ins Präsidium gefahren. In seinem Büro saß Gächter und drehte Zigaretten auf Vorrat. Gächter sah auf. «47 Anrufe und 16 persönliche Anfragen. Und keiner weiß, wo du bist.»
Bienzle machte eine Geste, die so ungefähr sagen sollte: ‹Da kann man nichts machen.› Laut fragte er: «Was sagt der Oberstaatsanwalt?»
«An eine Durchsuchungsanordnung ist nicht zu denken.» Gächter imitierte den Ankläger: «Bei einem Rechtsanwalt –

Mann, ich bin doch nicht mit dem Klammerbeutel gepudert! Und dann noch bei *dem* Rechtsanwalt.»

«Ja, ja, der Herr Dr. Dreher hat hochmögende Freunde.»

Gächter warf die fertigen Zigaretten in die Luft und sah zu, wie sie sich im ganzen Raum verteilten. «Im übrigen, ich bin vorerst vom Dienst suspendiert.»

Bienzle nickte nur. Er hatte nichts anderes erwartet.

«Bis zur endgültigen Aufklärung des ‹unnatürlichen Todesfalls› Kurt Holtmann.»

«Ich war heut bei seiner Mutter», sagte Bienzle. «War ganz schön hart, kann ich dir sagen.»

Gächter explodierte. «Ja, meinst du denn, an mir geht das so spurlos vorbei?»

Bienzle zuckte die Achseln. «Weiß net.»

Gächter stand auf und ging zum Fenster. Daß er dabei die meisten seiner säuberlich gedrehten Zigaretten zertrat, fiel ihm gar nicht auf. «Der Mann hat eine Waffe gezogen!»

«Der ist auf dem Trittbrett eines anfahrenden Lasters gestanden, hat sich mühsam mit einer Hand festgehalten – der hätt doch net amal ein Scheunentor getroffen, wenn er überhaupt geschossen hätte.»

«Und dir war das natürlich in dem Moment sonnenklar?!»

«Denk schon!» Bienzle nahm eine Akte und begann, darin zu lesen, ohne den Inhalt wahrzunehmen. Gächter starrte ihn eine Weile an. Schließlich sagte er mit brüchiger Stimme. «Freunde in der Not...!»

Ohne aufzusehen, sagte Bienzle: «Komm, hör auf, sei so gut, Gächter!»

«Na gut, kann ich ja gehen!»

«Mhm – mach dir ein paar schöne Tage», Bienzle sah noch immer nicht auf.

«Ach, wirst du jetzt auch noch zynisch – ist ja ein ganz neuer Zug an dir.»

Jetzt sah Bienzle auf. «Sag mal, das geht dir ja scheint's tatsächlich an die Nieren.»

«Ja, was glaubst denn du?»

Bienzle stand auf, ging zu Gächter, packte ihn im Nacken und zog seinen Kopf in seine Halsbeuge. «Menschenskind, da hast du dich aber auch schon manchmal ganz schön verstellt, stimmt's?»

Die alte Vertrautheit war plötzlich wieder da. Und Gächter, das Rauhbein, hatte Mühe, die Tränen zurückzuhalten.

Paul Stricker machte sich jeden Morgen einen exakten Plan, was an diesem Tag zu tun sei. Jeden Punkt hakte er gewissenhaft ab, sobald er erledigt war. Nach dem Gespräch mit Dreher war er zunächst im Wirtschaftsministerium gewesen. Staatssekretär Hilbert allerdings ließ sich durch einen Abteilungsleiter vertreten, was die Verhandlungen auf ein paar Höflichkeitsfloskeln verkürzte.

Im Landwirtschaftsministerium dagegen hatte sich Ministerialdirektor Bossle persönlich Zeit genommen, und zwar «soviel, wie immer wir brauchen».

Es war kurz nach Mittag, als Bossles Sekretärin Stricker ins Chefzimmer führte. Der Ministerialdirektor kam dem Fleisch- und Wurstfabrikanten mit ausgebreiteten Armen entgegen. «Das ist jetzt aber amal nett, daß wir uns noch vor dem großen Fest bei Ihnen daheim sehen. Ich kenn Sie, und Sie kennen mich. Erst die Arbeit, dann das Vergnügen... – wollen wir zusammen was essen gehen?»

«Gern», sagte Stricker etwas säuerlich; denn er wußte, das würde darauf hinauslaufen, daß er bezahlen mußte. Das «Fäßle» hatte inzwischen zugemacht oder den Besitzer gewechselt, jedenfalls ging man dort erst wieder hin, wenn man aus zuverlässiger Quelle gehört hatte, daß sich der Neue bewährt habe. Also speisten die beiden in der «Alten Post».

Zwar ging es Stricker ganz und gar gegen den Strich, für

Kalbsleber mit Kartoffelpüree mehr als 40 Mark zu bezahlen, aber was waren 40 Mark, gemessen an dem, was er Bossles Partei schon gespendet hatte. Und da waren sie dann auch schon wieder beim Thema.

«Sie kennen mich, ich bin Geschäftsmann», sagte Stricker. «Da kommen jetzt neue Forderungen der Partei auf mich zu...»

«Nicht doch, nicht doch – wir warten doch geduldig, bis die alten vereinbarten Summen bei uns eintreffen...»

Stricker fiel das Besteck aus der Hand.

«Was haben Sie denn?» fragte Bossle.

«Dieser linke Vogel», polterte Stricker los, «dieser Kluvemichel...»

Bossle begann unvermittelt laut hinauszulachen. «Soll ich Ihne was sage, Herr Stricker, dieses Wort – ‹Kluvemichel› – hab ich seit vierzig Jahr net g'hört.»

«Aber er *ist* ein Kluvemichel!» beharrte Stricker. «Und was für einer!»

«Ich nehme an, wir denken beide an Dreher», sagte Ministerialdirektor Bossle. «Eine Kluve, wisset Sie, was des ischt?»

«Eine Sicherheitsnadel, warum?»

«Genau – ein Sicherheitsnadelmichel... – Michel ist der gute, durchschnittliche Deutsche, aber wenn er, statt einen Anzug oder was immer sauber zu nähen, alles nur mit Kluven zusammenhält... – übrigens Klöv – im Saarland nennt man die Haarnadelkurve eines Flusses so – einen Mäander, wenn Sie so wollen – das ist der gleiche Stamm.»

Stricker gefiel das nicht, wenn einer seine Bildung oder halt nur sein Wissen so vor sich her trug – das gab's in Schwaben zwar oft, aber in seinen Augen war's wichtiger, daß einer seine Arbeit gut machte. Bossle freilich, so vermutete er, war einer, bei dem beides zusammentraf.

«Ich hab dem Dreher die ganze Summe zu treuen Händen gegeben, damit sie Ihrer Partei auf dem richtigen Weg zugeleitet wird, Herr Ministerialdirektor!» Stricker sagte das mit all der Würde, die er durchaus ausstrahlen konnte.

Bossle leistete sich einen schwäbischen Ausrutscher. «Oh, verrecke!» entfuhr es ihm.

«Dann wär das also auch besprochen», sagte Stricker.

Als sie dann noch einen Kaffee und einen Cognac nahmen, mit Bedacht eine Zigarre auswählten, Bossle über die Entwicklung am Stuttgarter Staatstheater gesprochen hatte («Wisset Se, die Provinz findet nicht am Theater statt, sondern unter denen, die's politisch stützen sollen»), fragte Stricker sachlich: «Kann der Dreher zu einer Gefahr für uns werden?»

Bossle schüttelte den Kopf. «Den schütteln wir uns aus dem Fell wie eine lästige Laus!»

Stricker war erst einmal beruhigt. Woher sollte er auch wissen, daß er schnurgerade in Drehers Falle lief?

«Einen Moment, Frau Stricker, da kommt er gerade...» Stricker sah die Frau am Empfang an und streckte herrisch die Hand nach dem Hörer aus. Er ließ jedesmal, wenn er nach Stuttgart kam, in diesem Hotel ein Zimmer reservieren, egal, ob er die Nacht blieb oder nicht – ein Luxus, der für einen Mann wie ihn eigentlich unvorstellbar war.

«Ja, Ingrid?» Ihre Stimme tat ihm gut. «Prima ist es g'laufen.» Die Frau an der Rezeption holte Strickers Schlüssel aus dem Fach und einen Brief, der dort für ihn lag. «Ich komm grad aus dem Staatsministerium – vorher war ich noch beim Bossle...» Er klemmte den Hörer zwischen Ohr und Schulter ein, um den Brief zu öffnen. «Es sieht fast so aus, als könnt ich's heut noch schaffen!» Ingrid fragte nach seinem Besuch bei Dreher. «Das war weniger erfreulich», sagte er und zog eine Bildpostkarte aus dem Umschlag. Sie zeigte Wibke in ihrer typischen Aufmachung. Schwarze Stiefel, das Geschlecht lag frei und schob sich dem Betrachter entgegen. Ein breiter, mit Nieten verzierter Gürtel umspannte ihre Taille. Die Brüste waren in ein Ledermieder eingezwängt, aus dem die Kuppen mit den geil aufgerichteten Brustwarzen herausgepreßt wurden. Um den Hals lag eine Gliederkette aus Stahl. In der Hand hielt Wibke eine Peitsche. Ihre Augen schauten den Betrachter herausfordernd an.

Stricker brach augenblicklich der Schweiß aus. Er sah sich um, ob ihn jemand beobachtete. Sein Atem ging schwer.

«Ist was?» fragte Ingrid am anderen Ende der Leitung.

«Wie, was? – Nein, nein, nichts», er versuchte seinen Atem zu kontrollieren.

«Du kommst also noch heute zurück?»

Stricker las die Botschaft. «Du kommst – heute abend, 19 Uhr – und keine Widerrede!»

«Paul!»

«Ja, ich denk schon, das heißt – wart amal...» – er starrte auf das Bild – «ich muß ja sehen, daß ich den Staatssekretär Hilbert noch erwische, und den krieg ich heut bestimmt nicht mehr. Es könnte also doch sein, daß ich... – aber morgen bin ich dann bestimmt daheim.»

Er legte rasch auf.

Auch Ingrid Stricker legte auf. Einen Augenblick lang blieb sie noch stehen. Dann ging sie durch die Räume. 680 Quadratmeter. Sie machte den Weg durch das Haus wieder und wieder. Treppauf, treppab, durch die Korridore, in die Zimmer und wieder hinaus. Rastlos, ruhelos. Sie wußte nicht genau, was ihren Mann umtrieb, aber sie fürchtete sich davor.

Auch Paul Stricker fürchtete sich. Er fürchtete sich und fühlte sich zugleich unwiderstehlich angezogen. Er war auf sein Zimmer gegangen und hatte sich wieder und wieder das aufreizende Bild der Domina angesehen. Jetzt stand er vor dem Spiegel und betrachtete sich selbst – voller Ekel und wohl wissend, daß er sich dem Reiz nicht entziehen konnte –, wie ein Alkoholiker, wenn der Abend kommt, wie ein Spieler, wenn die erste Karte gegeben wird, wie ein Freßlustiger, der den ganzen Tag Diät hielt und nun den Schweinebraten zerteilt. Stricker hatte keine andere Wahl.

Aus seinen Achselhöhlen stieg ein ranziger Geruch. Das kannte er, wenn ihn die Erregung übermannte, begann er zu schwitzen – aber das war anderer Schweiß als der, den er bei harter Arbeit absonderte oder wenn er am Sonntag in Vorarlberg einen der Berge hinaufstieg. Es war der Geruch der Geilheit. Paul Stricker wusch seine Achselhöhlen. Er sah sich im Spiegel an und sagte laut: «Du mußt das Bild zerreißen!» Das Telefon klingelte. Wenn jetzt Ingrid dran war, war er vielleicht gerettet. Als er sich meldete, sagte Wibkes glasharte Stimme: «Du kommst doch?!»

«Habe ich denn eine andere Wahl?»

Wibke hätte gerne gesagt: ‹Ja, und ich hoffe, du entscheidest dich dafür!› Statt dessen sagte sie: «Sei ja pünktlich, du kleiner Scheißer!» und legte auf. Als er gehorsam antwortete: «Natürlich ... – natürlich, ich bin immer pünktlich», hörte schon niemand mehr zu.

Als Bienzle nach Hause kam, sprang der Hund an ihm hoch – wieder und wieder. Es war nicht möglich, Hannelore zur Begrüßung zu küssen. Erst mußte sich das Tier wieder beruhigen.

«Und, wie ist es dir gegangen?» fragte Hannelore.

Bienzle schaute sie an. Eine Routinefrage. «Ich geh noch mal mit dem Hund», sagte er, anstatt zu antworten. Als er die Tür hinter sich zuzog, nahm sich Hannelore vor, diese beiläufigen Sätze aus ihrem Repertoire zu streichen. Außerdem wollte sie bei der nächsten Gelegenheit endlich mal wieder ein paar grundsätzliche Gedanken mit Bienzle austauschen. Und im gleichen Augenblick wußte sie, daß man sich so etwas nicht vornehmen kann. «Männer und Frauen sind nicht füreinander geschaffen», sagt Loriot. Sollte man resignieren oder versuchen, was draus zu machen? Hannelore war die Frau, die sich immer für das letztere entschieden hätte.

Bienzle ging über die Krümmungen des «Schellenkönig» hinauf zum Bubenbad. Balu war glücklich. Schnüffelnd rannte er voraus, kehrte zurück, sprang einer plötzlichen Anwandlung folgend an Bienzle hinauf und war dann schon wieder unterwegs. Wenn Hunde schnüffeln, hatte Bienzle einmal gelesen, läuft ein ganzes Kino in ihren Köpfen ab. Vielleicht war's ja so.

Das war ein milder Herbst. Obwohl er sich doch mitten in der Stadt befand, roch Bienzle den Duft der Erde. Vor ein paar Stunden – zwischen Waldsaum und Forellenteich – hatte es nicht anders gerochen. Für ihn war's wie ein Wunder. Er setzte sich auf die Bank, von der aus die ganze Innenstadt zu überblikken war – die lichtbekränzte Königin, wie Manfred Esser sie in seinem Ostend-Roman benannt hatte.

Er mußte an den Schriftsteller im Schwäbischen Wald denken. Der wohne jetzt in Berlin, hieß es, und sei nur noch manchmal in seinem Häuschen in Liemersbach. Esser hauste irgendwo in der Nähe Roms, nicht weit von Michael Ende. Ob die miteinander sprachen? Schwer vorstellbar. Und ob dieser urige Typ aus dem Schwäbischen Wald mit dieser jungen Schriftstellerin sprach, die auch Kriminalromane über Stuttgart schrieb und die so über ihn hergezogen war? Der sah freilich so aus, als ob er den Frauen alles verzieh.

«Was geht's mich an?» sagte der Kommissar laut. Er hatte zu arbeiten. Früher waren es Morde, die er aufklären mußte. Da gab's klare Handlungsmuster. Da konnte man sogar davon ausgehen, daß der Täter meistens auch ein Opfer war – ein Mensch, der keinen anderen Ausweg wußte.

Jetzt hatte er's mit Wirtschaftskriminalität zu tun. «Was ist ein Einbruch in eine Bank gegen die Gründung einer Bank», sagt Brecht. – «Genau!» schrie er in den Abendhimmel hinein. Der Hund rannte herzu, als ob Bienzle um Hilfe geschrien hätte.

«Ist ja gut, nichts passiert», beruhigte Bienzle das Tier. «Ich hab dich heut ganz schön beschissen», sagte er dann. «Ich war im Wald und du hast daheimbleiben müssen.» Ein wenig schämte er sich doch, als er das dem Hund erzählte. «s' nächste Mal darfst wieder mit!» Balu legte seine Pfote auf Bienzles Knie, als ob er jedes Wort verstanden hätte.

Als er nach Hause kam, kroch er zu Hannelore ins Bett und schmiegte sich eng an sie. Hannelore streichelte ihn, bis er eingeschlafen war.

Paul Stricker saß um diese Zeit in seinem Wagen und raste nach Hause zurück. Er blendete nicht ab, wenn ihm ein anderer Wagen entgegenkam, er überholte, wo es selbstmörderisch war zu überholen. Er fuhr 160, wo gerade mal 70 Kilometer pro Stunde erlaubt waren. Er fuhr, als ob die Hexen ihn verfolgten. Die Stimme – er hatte sie erkannt. Wie sollte man so etwas verdrängen, loswerden, so tun, als ob nichts geschehen wäre? Noch nie in seinem Leben war ihm so etwas widerfahren. Was sonst auch geschehen sein mochte, jede Niederlage begriff er als neue Herausforderung. Es gab immer einen Weg. Gab's jetzt noch einen?

Er war pünktlich gewesen. Natürlich.

Cordula hatte alle guten Vorsätze über den Haufen geworfen, als Wibke ihr von ihrer neuen großen Liebe erzählte. «Ein Traum!» Für die Erfüllung eines solchen Traums mußte man alles tun. Sie konnte doch noch mal – noch einmal alles von sich wegschieben.

«Was ist das für einer?» fragte sie nun Iris, die als Zofe agieren sollte.

Die zuckte nur die Schultern. Die beiden zogen sich für den Kunden um. «Hättest du das nicht alleine machen können?» fragte Cordula.

«Er besteht auf dem ganzen Set: Herrin und Zofe. Schließlich löhnt er ja auch 'ne Menge dafür.» Iris zog sich nackt aus und stieg in ein Riemengeschirr, das die Pobacken und die Brüste frei ließ. Sie war blond und ein wenig pummelig. Sie drehte Cordula den Rücken zu und bat sie, die Schnallen zu schließen.

«Was will er denn immer, wenn er zu Wibke kommt?»

«Ich laß ihn rein. Bißchen knien. Dann schnall ich ihn auf den Bock, mach ein paar geile Posen... – das Übliche. Vielleicht knet ich ihm die Eier.»

«Will er's sehr streng?»

«Ne, du, der winselt immer gleich.

Es klingelte. Cordula sah auf die Uhr. Sie hatte inzwischen die Haare stramm nach hinten gekämmt, dunkle Lidschatten und einen grellroten Lippenstift aufgelegt und war in die langen Lacklederstiefel geschlüpft. Jetzt griff sie rasch nach ihrem Kostüm, zwei Peitschen und eine Reitgerte und huschte hinter den Vorhang in den Nebenraum. Ihr Auftritt kam erst, wenn Iris den Kunden richtig heiß gemacht hatte.

Iris rief ihr noch nach, bevor sie die Eingangstür öffnete: «Die Wibke war unheimlich froh, daß du für sie eingesprungen bist, und ihr Lover ist es sicher auch.»

Auf der Schwelle stand Paul Stricker, die Augen gesenkt, die Hände vor dem Bauch verschränkt. «Guten Abend», sagte er leise. Er streckte zögernd die Hand aus.

«Pfoten weg!» herrschte Iris ihn an.

«Ich bin doch nicht etwa unpünktlich, oder?»

«Quatsch nicht, zieh die Klamotten aus und dann rauf auf den Bock.» Sie deutete auf eine Holzkonstruktion, die entfernt einem Pferd ähnelte. Die vier Beine waren mit Lederriemen versehen, mit denen man den Kunden an Armen und Beinen fesseln konnte.

Paul Stricker zog sich aus. Er genierte sich.

«Auf die Knie!»

Stricker ließ sich auf Hände und Knie nieder und sah Iris von unten her an wie ein waidwundes Tier.

«Glotz nicht so, geiler Bock», sie zog ihm die Gerte über den nackten Hintern. «Rauf auf den Bock...!»

Stricker wußte, was er zu tun hatte. Er rutschte auf den Knien zum Bock, legte sich dann bäuchlings darauf und ließ sich widerstandslos von der Zofe Hand- und Fußgelenke festschnallen. Er und Iris schienen sich in absoluter Übereinstimmung zu befinden. Das Rollenspiel war vielfach geübt.

«Na also, geht doch!» Iris baute sich vor ihm auf, spielte mit ihren Brustwarzen und griff sich in den Schritt. «Glotz nicht so geil!» schrie sie Stricker unvermittelt an. Er sah rasch zu Boden und entschuldigte sich.

«Also, was soll's sein?» fragte Iris nun wieder ruhiger.

«Ich will bestraft werden!»

«‹Ich will›, hast du etwa gerade gesagt ‹ich will›? Du hast hier gar nichts zu wollen, du Stück Dreck!»

Stricker setzte mit weinerlicher Stimme neu an: «Ich bitte meine Herrin demütig um Bestrafung.»

Cordula hatte noch schnell die Toilette aufgesucht. Iris' Auftritt zog sich erfahrungsgemäß in die Länge. Sie genoß ihre Rolle sehr. Das wußte Cordula. ‹Beneidenswert›, dachte sie bei sich. Da hörte sie die Stimme ihres Vaters: «... demütig um Bestrafung. Sie soll mich nicht schonen!»

Tonlos formte Cordula das Wort «Vater».

Dann drang Iris' Stimme an ihr Ohr: «Gräfin Wanda, da ist ein Stück Scheiße und winselt um Bestrafung.»

Dann wieder Strickers Stimme: «Gräfin Wanda? Was soll das? Ist Frau Wibke nicht da?»

Ein Peitschenhieb. «Schnauze», fuhr ihn Iris an. «Du hast hier nichts zu fragen.»

«Ja, gib's mir», winselte Stricker, «ich hab's verdient, gib's mir doch!»

«Mein Gott, nein – nein, nein, nein!» schrie Cordula und riß ihren Mantel vom Haken.

Stricker fuhr auf. Er erkannte die Stimme sofort. Fast lautlos stieß er hervor: «Cordula?»

Eine Tür fiel ins Schloß. Stricker funkelte Iris an. «Was geht hier vor. Machen Sie mich sofort los...» Iris wollte etwas sagen, aber Stricker ließ sie nicht dazu kommen. «Losmachen, habe ich gesagt!»

Iris war ratlos. Sie riß den Vorhang zur Seite und starrte in das leere Zimmer nebenan.

«Losmachen, hab ich gesagt!» bellte Stricker in ihrem Rükken.

Cordula hatte fluchtartig das Haus verlassen und war die Gasse hinuntergelaufen. Durch den Schleier ihrer Tränen sah sie ihre Umgebung nur schemenhaft. Als ein Mann sie ansprach, freundlich und hilfsbereit, beschleunigte sie ihre Schritte und rannte wie um ihr Leben eine Staffel hinauf. Tiefhängende Zweige schlugen ihr ins Gesicht. Sie lief, bis sie keine Luft mehr bekam. Dann sank sie auf eine der Stufen und barg den Kopf in ihren Händen.

Paul Stricker zog sich hastig an, warf Geld auf den Fußboden und eilte aus dem Domina-Studio. Auf Iris' Fragen antwortete er nicht. Er sah die Zofe gar nicht. Sie war Luft für ihn.

Mit dem Taxi fuhr er ins Hotel, warf sich in seinen Wagen und raste zurück nach Weisangen.

Joachim Dreher war an diesem Abend noch nach Baden-Baden gefahren. Er hatte nicht einmal eine Stunde für die Strecke gebraucht. Nirgendwo konnte er sich besser abreagieren als in dem schnellen flachen Sportwagen, den er sich für 140000 Mark gekauft und weitere 70000 Mark hatte ausbauen lassen.

Doch diesmal wollte ihn die Nervosität nicht verlassen. Er betrat die Spielbank im Sturmschritt. Der Portier kannte ihn und begrüßte ihn dementsprechend als Stammgast.

Normalerweise ließ sich der Anwalt Zeit. Er schlenderte dann von Tisch zu Tisch, studierte die Spieler und die Croupiers, beobachtete, wie die Kugel lief, machte sich Notizen. Erst nach ein, zwei Stunden entschied er sich in der Regel, an welchem Tisch er seine Chips setzen wollte.

Heute nahm er den erstbesten Platz. Er hatte nur Fünftausender und Tausender gekauft und setzte sofort einen großen Betrag auf die 27. So begann er meistens; denn die 27 betrachtete er – ohne erklären zu können, warum – als seine Glückszahl. Er verlor. Als er aufsah, begegnete er dem Blick Frank Schillers. Hier also verzockte der das Geld, das er in seiner Stuttgarter Spielhölle den Leuten abnahm. Schiller hatte einfach auf Rot gesetzt und seinen Einsatz soeben verdoppelt.

Schiller machte ihm ein Zeichen mit den Augen. Offensichtlich wollte er mit ihm sprechen. Dreher stand auf und schlenderte zur Bar. Schiller strich seine Chips ebenfalls ein und folgte dem Anwalt. «Trifft sich gut», sagte er, «geben Sie einen aus?»

«Ich wüßte nicht, warum ich das tun sollte.»

«Weil ich Ihnen dann vielleicht was erzähle.»

Dreher bestellte zwei Whisky ohne Eis. Er wußte, daß Schiller den gleichen Geschmack hatte wie er – allerdings nur bei Getränken. Trachtenjanker aus Seide, Seidenjabothemden, Goldkettchen um Hals und Handgelenk und Taucheruhren im Wert von 17000 Mark würde er nicht einmal zum Fasching tragen.

Sie tranken sich zu. «Wir hatten heute Besuch von einem Kriminalkommissar», sagte Schiller. «Der wollte nicht etwa unsere Bude dichtmachen. Der wollte nicht einmal wissen, ob bei uns möglicherweise illegal gespielt wird. Der wollte nur wissen, ob und wann Sie spielen, wieviel Sie verloren und gewonnen haben in letzter Zeit und wo Sie Ihr Geld sonst noch aufs Spiel setzen.»

Dreher trat der Schweiß auf die Stirn. «Dieser Drecksack», stieß er hervor.»

«Ganz Ihrer Meinung», sagte Schiller. «Ich hätte natürlich total dichtgehalten, aber als er gedroht hat, er könne uns auch seine Kollegen vom Rauschgift und vom Illegalen Glücksspiel vorbeischicken...», er machte eine Geste, die sagen sollte: ‹Was will man in so einem Fall machen?›

Dreher schüttete den Whisky hinunter und sah Schiller giftig an. «Dachten Sie im Ernst, ich hätte von Ihnen etwas anderes erwartet?»

«Immerhin erzähl ich's Ihnen jetzt. Leute wie Sie und ich halten am Ende doch besser zusammen.»

«Was wollte er denn sonst noch wissen?»

«Na ja, das Übliche. Persönlicher Umgang, Freundin, Beziehungen zum Rotlichtmilieu und all so was.»

«Und Sie haben natürlich alles ausgeplaudert, was Sie wissen.»

«Ich hab gemauert wie 'n Weltmeister. ‹Ich kenne den Dreher nur ganz flüchtig›, hab ich gesagt. Daß unsereiner sich natürlich auch seine Infos beschafft, man muß ja Bescheid wissen, wenn man in so einem sensiblen Geschäft tätig ist..., also, daß ich mir auch erstklassige Infos besorgt hab, das mag der Bulle ahnen, auf die Nase binden muß ich's ihm ja nicht unbedingt. Ich weiß ja auch gar nicht so genau, ob Sie die kleine Schwarzhaarige da für sich laufen haben, die irgend so 'nem Metzger aufem Land entsprungen ist. Ich weiß auch nichts Genaues über ihre Connections nach Brüssel und zu den Sizilianern. Also, was sollte ich ihm sagen?»

Dieser Kerl verstand sein Geschäft. Natürlich war das der Beginn einer Erpressung. ‹Wenn ich mich einmal auf den einlasse, komm ich nie wieder raus›, sagte sich Dreher. Nach dem Wochenende würde er sich darum kümmern müssen. Dreher ließ sich noch einen Whisky geben. «Was wollen Sie eigentlich von mir, Schiller?»

«Ich?» Schiller gab sich erstaunt. «Gar nichts. Wenigstens im Augenblick. Warnen wollt ich Sie, weiter nichts. Sie müssen sich ja auch erst einmal konsolidieren.»

Aber an diesem Abend wurde nichts mehr daraus. Dreher

gewann selten und verlor oft. Er gab sich selber die Schuld; denn er spielte unkonzentriert, wechselte viel zu häufig die Tische, zog sein System nicht durch und versäumte es, verlorenes Geld über lange Zeit mit kleinen Schritten zurückzugewinnen.

Schiller spielte nur noch ein paarmal und ging dabei nur die kleinsten Risiken ein. Als er den Saal verließ, blieb er noch einmal kurz bei Dreher stehen. «Viel ist es nicht», sagte er, «aber 80 000 hab ich immerhin gewonnen. Müßte 'ne alte Frau lange für stricken, und ein Anwalt müßt richtig gute Mandate haben, um solche Rechnungen schreiben zu können. Ciao, Doktor.» Schiller tippte mit den Spitzen von Zeige- und Mittelfinger an die Stirn und ging hinaus.

FREITAG

Als Ingrid Stricker am Freitagmorgen ins Badezimmer kam, stand ihr Mann vor dem Spiegel und rasierte sich. «Du bist ja heute nacht doch noch nach Hause gekommen», sagte sie.

«Ja, ich wollte dich nicht stören, deshalb hab ich in meinem Arbeitszimmer geschlafen.»

«Als ob du mich schon jemals gestört hättest.» Sie schaute ihn forschend an.

«Was guckst denn so?» fuhr er sie an.

«Cordula ist auch noch gekommen», erwiderte sie, ohne auf seine Frage einzugehen.

Stricker stand wie versteinert. «Aha – so, so», brachte er schließlich heraus. «Und? Wo ist sie?»

«In ihrem Zimmer. Es geht ihr wohl nicht so gut.»

Stricker hatte sich wieder gefangen. «Na ja, bei jungen Frauen ist das manchmal so.»

Ingrid Stricker lächelte. «Bei älteren auch. Frühstückst du mit mir?»

«Kei Zeit – es ist ja noch allerhand vorzubereiten.»

«Das meiste hab ich schon gemacht. Der Wein ist bestellt. Die Mädchen, die beim Servieren helfen, hab ich eingewiesen. Die meisten kommen schon ganz früh morgen und helfen beim Einrichten und Dekorieren. Und diesmal sind ein paar ganz geschickte dabei.»

Stricker sah seine Frau an. Er kannte niemanden, der seine

Arbeit so effektiv und zugleich so unauffällig machte wie sie. Mit unerwartet weicher Stimme sagte er: «Wenn ich dich nicht hätt ...!»

Bienzle hatte es am Donnerstag noch geschafft, dem neuen Präsidenten aus dem Weg zu gehen. Aber ewig konnte er das ja nicht so treiben. Also ging er schon kurz nach acht Uhr ins Präsidium, stieg in den vierten Stock hinauf und betrat forsch das Vorzimmer von Dr. Bassler. Seine Sekretärin, Ilona Preisentanz, begann gerade zu frühstücken und fuhr erschrocken auf, als Bienzle, ohne anzuklopfen, hereinstürmte. «Ischer da?»

«Ja, schon, aber ...»

«Danke!» Ohne anzuhalten, durchquerte Bienzle das Zimmer, klopfte und trat gleichzeitig ein. «Morgen, Herr Präsident.» Krachend biß Bassler in ein Knäckebrot, das mit Hüttenkäse bestrichen war. Ein hagerer, hochaufgeschossener Mann mit hohlen Wangen. «Magenkrank», diagnostizierte Bienzle im stillen, das kam davon, wenn einer nicht zu leben verstand. Bienzle deutete auf das Knäckebrot. «Da kriegt mr ja Läus im Bauch!» Bassler kaute hastig, um zu Wort kommen zu können – zu hastig; denn nun verschluckte er sich auch noch an den Knäkkebrotstückchen, die wie Splitter in seine Speiseröhre fuhren. Bienzle setzte sich in den Sessel, der am weitesten von Basslers Schreibtisch entfernt war. Der Präsident bekämpfte das Unheil in seinem Hals mit Kaffee.

Bienzle nützte die Situation: «Also, bevor Sie es sagen, sag ich's lieber selber: Wir haben vorgestern einen kapitalen Fehler gemacht – der Gächter und ich.» Bassler nickte heftig, sprechen konnte er noch nicht.

«Aber wie alles im Leben», fuhr Bienzle fort, «hat auch diese Sache ihr Gutes.»

Bassler hüstelte und horchte dabei in sich hinein. Ja, die Stimme schien wieder zu funktionieren.

«Wir haben nämlich jetzt diese Rinderhälften, und die Fachleut im Veterinärwisschenschaftlichen Institut trauen sich durchaus zu, den Nachweis zu führen...»

«Schluß», bellte Bassler.

«Na ja, ich hab denkt, das interessiert Sie vielleicht!»

«Zunächst einmal interessiert mich die Frage, wie Sie sich erlauben können, hier einfach so hereinzustolzieren. Ich kann mich nicht erinnern, Sie herbestellt zu haben.»

«Bei Ihrem Vorgänger war ich jederzeit willkommen.»

«Der war Ihr Schulfreund.»

«Ach, das wissen Sie – ja, stimmt. Wenn damals einer g'sagt hätt, der wird Präsident und jetzt sogar noch Landespolizeidirektor und ich bloß Kommissar, also, das könnet Sie mir glaube, den hätten die meisten für verrückt erklärt.»

«Bienzle, jetzt hören Sie mir mal genau zu...»

«Na ja», brachte Bienzle seinen Gedanken zu Ende, «Sie sind ja auch Präsident geworden, Herr Präsident!»

Bassler öffnete den Mund und schloß ihn wieder. Dann hob er erneut an: «Kann ich jetzt mal in Ruhe reden?»

Bienzle machte eine großzügige Geste.

«Man wird Sie und Ihren Kollegen Gächter für das, was in Lindau geschehen ist – wohlgemerkt im Bundesland Bayern und noch nicht einmal in unserem eigenen Bundesland...»

«Aber doch immerhin in Europa», warf Bienzle ein.

«Jedenfalls läuft das Disziplinarverfahren bereits.»

«Sauber.» Bienzle stand auf und ging zur Tür.

«Bleiben Sie sitzen», fuhr ihn Bassler an. Bienzle blieb unbeeindruckt. «Ich hoffe, daß Sie in der übrigen Verbrechensbekämpfung ein ähnliches Tempo an den Tag legen.»

«Was erlauben Sie sich eigentlich?» schrie Bassler, außer sich vor Zorn.

«Wissen Sie», entgegnete Bienzle sehr ruhig. «Neulich bin ich 50 worden. Da hab ich mir g'sagt: Jetzt kann mir nix mehr passieren. Was auch kommt – es ist nicht halb so wichtig, wie man's nimmt. Wenn Sie mich in den vorzeitigen Ruhestand versetzen wollen... – ich hab ein Klavier, einen Hund und gut und gern 500 noch nicht gelesene Bücher daheim. Meine Eigentumswohnung ist bezahlt, meine Lebenspartnerin mag mich wahrscheinlich ganz gern. Kurz und gut, ich werd's überleben, Herr Präsident!» Damit ging er hinaus und zog die Tür behutsam hinter sich zu. Frau Preisentanz sah ihn fragend an. Bienzle beugte sich zu ihr hinab: «Ich sag Ihnen was, der da drin ist die Fehlbesetzung des Jahrhunderts.» Er ging rasch hinaus und hoffte, daß die Preisentanz ihrem Chef brühwarm erzählen würde, was er gerade gesagt hatte.

Danach ging's ihm besser. Es paßte zu Bassler, daß Bienzle den ganzen Tag nichts von ihm hörte. Aber der Präsident hatte ja ein Wochenende vor sich und damit Zeit genug, sich eine Strategie auszudenken. Eigentlich war es ein Jammer. Wo man hinsah: auf den wichtigsten Positionen saßen austauschbare Funktionierer. Stromlinientypen – Ecken und Kanten abgeschliffen. Das war wie im Bundestag: kein Höcherl und kein Wehner, kein Strauß und kein Erler, kein Wischnewski, kein Wienand und kein Brandt mehr. Statt dessen immer mehr von diesen windschnittigen Prototypen unserer Gesellschaft. Als ob ein Computer sie zusammengesetzt hätte.

Bienzle mied sein Büro und trat auf die Straße hinaus. Über Stuttgart spannte sich ein fleckenloser blauer Himmel. Wenn das Wetter so blieb, würde er Hannelore zu überzeugen versuchen, Strickers Einladung für den morgigen Samstag anzunehmen. Er ließ sich bei der Fahrdienstbereitschaft einen Wagen geben und verließ das Gelände des Landeskriminalamtes an der Taubenheimstraße. Schon nach zweihundert Metern erreichte er die B 14, die Stuttgarts Innenstadt in zwei Hälften teilte. Fußgänger, die von einer Seite auf die andere kommen wollten, mußten durch stickige Unterführungen, die nach Urin und Erbrochenem stanken. Städteplaner, die für diesen Wahnsinn verantwortlich gewesen waren, gehörten nach Bienzles Meinung genauso bestraft wie Einbrecher, Diebe oder Räuber.

Wenigstens im südlichen Stadtteil Häslach war dieses vierbahnige Monstrum in einen Tunnel verlegt worden. Straßen, durch die sich zuvor der Verkehr gewälzt hatte, waren jetzt beruhigt. Bienzle stellte in Häslach den Wagen in einer kleinen Sackgasse ab und ging ein wenig spazieren. An den Straßenrändern wuchsen inzwischen wieder gesunde Bäume, Kinder tobten auf der Straße herum. Die Leute hatten ihre Fenster weit geöffnet. An einer Ecke spielten die Schwaben mit ihren italienischen, spanischen, türkischen und jugoslawischen Nachbarn Boule. Die Häuser hier waren im Wert innerhalb von einem Jahr um das Achtfache gestiegen. Die Italiener, Jugoslawen, Spanier und Türken würden hier bald nicht mehr wohnen.

Das veterinärwissenschaftliche Institut gehörte zur Universität Hohenheim – eine Schloßanlage auf den Filderhöhen, deren Schönheit hinter den tief gestaffelten Parkplätzen für Dozenten und Studenten fast verschwand. Bienzle war glücklich, als er endlich einen Platz für seinen Wagen fand – nicht weit von den Containern, in denen der Müll getrennt nach Plastik, Papier, Grün-, Braun- und Weißglas gesammelt wurde. Er sah einen Studenten, der, umringt von ein paar Kommilitonen, trotz heftiger Proteste der anderen, seinen Müll wahllos verteilte: Grünglas in den Papiercontainer, Pappe in den Braunglascontainer, Plastik zu den Weißglasflaschen.

«Warum machen Sie das?!» fragte der Kommissar.

Der Student sah sich um und rief: «So, und nun kommt alle mal mit.» Die kleine Herde aufgebrachter Menschen folgte ihm unwillig. Der Gang um mehrere Gebäude, durch eine enge betonierte Gasse endete schließlich an der Rückseite eines langgezogenen Gebäudes mit Stallungen – Hohenheim war von Hause aus eine Landwirtschaftliche Hochschule. Dort lag ein riesiger Berg Müll. «Hier werden die Container ausgekippt», erklärte der Student, «und einmal pro Woche abgeholt.»

Bienzle nahm sich vor, die Kollegen von der Abteilung Umweltkriminalität darauf hinzuweisen.

Von einem der Studenten hatte er sich den Weg zum Institut von Professor Weißpflog erklären lassen.

Der Veterinärwissenschaftler hatte nichts von einem Professor an sich, wie man ihn sich landläufig vorstellte. Seine Haare waren straff nach hinten gekämmt und endeten in einem kurzen Pferdeschwanz, den Weißpflog mit einem roten Schnipsgummi zusammenhielt. Über einer scharfen, leicht gekrümmten Nase blitzten Bienzle zwei helle graue Augen an. Der fragende Blick schien durch keinen Wimpernschlag unterbrochen zu werden.

«Eine Sauerei ist das!» Weißpflog hielt Bienzle ein Stück Fleisch unter die Nase. «Riechen Sie mal!»

Bienzle wendete den Kopf angewidert ab.

«Gut, wenn man's sofort verarbeitet, wird kaum etwas passieren, aber stellen Sie sich mal vor, 'ne Hausfrau läßt das Zeug ein paar Tage liegen...»

Bienzle steckte ein Zigarillo zwischen die Lippen, zündete es aber nicht an, nachdem er Weißpflogs abweisenden Blick bemerkt hatte. «Mich interessiert, was mit den Stempeln passiert ist...»

Weißpflog ging zu einer Rinderhälfte, die an einem Haken baumelte, nahm eine große Lupe und winkte Bienzle damit zu sich. «Sie können deutlich sehen, daß hier das Fleisch bearbeitet worden ist, bevor der Stempel aufgedrückt wurde.»

Bienzle konnte nichts Derartiges erkennen. Trotzdem sagte er: «Sie meinen, hier wurde der ursprüngliche Stempel zunächst entfernt und dann durch einen neuen ersetzt...»

«Überdeckt», korrigierte der Veterinärwissenschaftler. «Wenn die Burschen gewußt hätten, daß einer wie ich das Fleisch in die Hände bekommt, hätten sie sorgfältiger gearbeitet – nehme ich mal an.» Weißpflogs Gesicht bekam einen selbstgefälligen Ausdruck. «Geben Sie mir noch 48 Stunden Zeit, Herr Kommissar...»

«Na ja, jetzt kommt ja erst einmal das Wochenende...»

«Nicht für mich. Ich bleib dran, bis ich denen auf die Schliche gekommen bin.»

«Ja no – mir soll's recht sein», sagte Bienzle. Die Aussicht, daß er möglicherweise die Machenschaften um das exportierte und dann wahrscheinlich wieder importierte Fleisch schon so bald würde aufdecken können, stimmte Bienzle nicht sonderlich euphorisch, zumal er noch immer nicht durchschaute, inwieweit dies das Geschäft Strickers und wie groß der Anteil Drehers daran war.

Bienzle beschloß, diesen Tag bei «Paolo» ausklingen zu lassen. Er telefonierte von einer Zelle in Hohenheim aus mit Hannelore und bat sie, in das italienische Restaurant am Bihlplatz zu kommen. «Sie haben das Plätzle verkehrsberuhigt», hatte der bärtige Schriftsteller, dem er im Schwäbischen Wald begegnet war, einmal geschrieben, «Kugellampen, mit dem Lineal gezogene Rabatten und Pflasterfelder machten aber noch lange keine Piazza daraus.» Trotzdem: bei «Paolo» konnte man vor dem Haus in einer Art Gartenwirtschaft sitzen und zuschauen, wie die Brüder und Vettern des Wirts hinter einem offenen Fenster am Herd hantierten. Mit den Dampfwolken, die ab und zu konvulsivisch aus dem Fenster traten, drang ein herrliches Duftgemisch aus Oregano, Knoblauch, Salbei und Thymian auf den kastanienüberwölbten Platz heraus.

Bienzle trank einen sardischen Weißwein und hörte sich Paolos Klage an, daß Italien inzwischen das europäische Land sei, in dem am wenigsten Kinder auf die Welt kämen – für den Wirt der Anfang vom Ende. Bienzle, der selber nie Kinder gehabt hatte, fühlte sich ein wenig schuldig.

Noch lange, nachdem die Nacht hereingebrochen war, saß er noch immer auf demselben Stuhl. Die Gäste an den Nachbartischen hatten inzwischen zweimal gewechselt. Nur an einem langen Tisch auf der anderen Seite diskutierten noch immer die Künstler vom Theaterhaus in Stuttgart-Wangen. Werner Schretzmaier und Günther Brombacher führten das Wort. Der

Regisseur und der Protagonist der geplanten Aufführung eines Stückes über die Skinheads, das man gemeinsam erarbeiten wollte, forderten ihr Jahrzehnt in die Schranken und zogen der Zeit und der Welt neue Koordinaten ein.

Was denn Stricker für einer sei, wollte Hannelore wissen.

«Er hat mit mir die Schulbank gedrückt – ein paar Jahre lang in der Grundschule, damals hat man noch Volksschule dazu gesagt. – Das war vielleicht ein linker Vogel damals. Der hat schon Geschäfte gemacht, da haben wir anderen grade mal für die Aufnahmeprüfung in die Oberschule gebüffelt. Die ersten tausend Mark hat er schon 1952 verdient. Mit Schallplatten, die er aus dem Amerika-Haus in Tübingen geklaut hat. Das sei kein Diebstahl, hat er g'meint. Die Besatzer würden uns sowieso das Blut aussaugen. Woher er diese Erkenntnis als damals Elfjähriger nahm, weiß der Himmel. Wir wollten ihn überreden, einen anständigen Lederfußball zu kaufen, das war damals das Größte für uns. Aber der Stricker ist zur Bank gegangen und hat sich die günstigsten Anlagemöglichkeiten sagen lassen. Zwei Jahre später war er dann schon bei 10000 Mark – das war ein Haufen Geld 1954.»

«So einer mußte es ja zu etwas bringen», sagte Hannelore.

Bienzle nickte. «Und fromm war der. Saumäßig fromm! Und unmusikalisch. So was von unmusikalisch. Der Stricker kennt bis heute nur zwei Musikstücke: Das eine ist die Nationalhymne...»

«Und das zweite...»

«Ist sie nicht!»

Hannelore mußte unwillkürlich lachen. «So einer kann doch eigentlich gar nicht dein Freund gewesen sein.»

«Wie man's nimmt. Ich fühlte mich immer zu ihm hingezogen, teils aus Bewunderung, teils aus Mitleid.»

«Und was ist er von Beruf?»

«Metzger!»

«Schlachter.»

Bienzle nickte. «Sein Vater hat eine gutgehende Metzgerei gehabt. Der Paule hat inzwischen eine riesige Fleischfabrik draus gemacht.»

Hannelore ging ganz plötzlich ein Licht auf. «Sag mal . . . ?»

«Hmmmm?»

«Der importiert doch dann sicher auch Fleisch?»

Bienzle gab sich nicht besonders interessiert. «Wahrscheinlich.»

«Aus Ungarn, zum Beispiel? Aus Rumänien, aus Polen?»

«Wir werden ihn fragen, wenn's dich interessiert.»

«Und jetzt sag bloß noch, sein Rechtsanwalt heißt Dreher?»

Bienzle wurde es langsam unbehaglich. Er hatte Hannelore einen Ausflug aufs Land mit anschließendem Essen bei seinem Schulfreund Paul Stricker versprochen. Jetzt fiel es ihm zunehmend schwerer, den Naiven zu spielen.

«Ich glaube, ja . . .», antwortete er lahm.

«Und dieser Dreher ist ganz zufällig auch zu diesem Rehessen eingeladen?»

«Es sind ziemlich viele eing'laden, wenn ich das recht verstanden habe . . .»

Hannelore zitierte Ernst Bienzle: «‹Wir zwei beide machen einen Ausflug. Das Rehessen bei den Strickers nehmen wir mit – aber sonst machen wir uns zwei schöne Tage . . .› – ich hab's noch ganz genau im Ohr!»

«Machen wir doch auch!»

«Was machen wir? – Wir sind zwei Tage auf Recherche. Wir ermitteln!! Und weil du zu diesem Zweck sowieso in den Schwäbischen Wald fahren mußt, nimmst du deine Freundin mit. So hast du endlich wieder ein ‹bißle› Zeit für das Mädel.»

«Wärst du denn mitgekommen, wenn ich dir's gleich so gesagt hätte?»

«Weiß nicht. Aber jetzt fährst du gefälligst allein!»

Sie war stinksauer. Bienzle legte die Stirn in Falten, ließ sich weit gegen die Lehne zurückfallen, steckte die Daumen in den

Hosenbund und sagte: «Ich wär aber ganz schön traurig, wenn du nicht mitkommen würdest.»

Hannelore antwortete nicht.

«Ich geh am Dienstag auch mit dir in die Ausstellungseröffnung im Kunstgebäude.»

Hannelore musterte ihn aus den Augenwinkeln. Paolo brachte zwei Gläser Grappa, bis an den Rand gefüllt mit prallen Trauben.

«Prost», sagte er. «Ich freue mich immer, wenn ich zwei sehe, die sich so gut vertragen.»

«Prost», sagte Bienzle von Herzen.

Hannelore trank ihren Schnaps wortlos und mümmelte noch ziemlich lange auf den Trauben herum, ehe sie sagte: «Na gut, dann will ich mal nicht so sein.»

Cordula war den ganzen Tag nicht aus ihrem Zimmer gekommen. Ingrid Stricker hatte der Tochter zweimal etwas zu essen gebracht, aber sie hatte beide Male abgelehnt. Apathisch saß sie mit untergeschlagenen Beinen auf ihrem Bett, vor sich eine Zeitschrift, die sie immer wieder durchblätterte, ohne die Bilder wahrzunehmen oder den Text zu lesen.

Sie wäre gern nach Stuttgart zurückgefahren, aber ihr fehlte die Kraft dazu. Ein paarmal hatte sie die Schritte ihres Vaters gehört, die die Treppe herauf- und durch den langen Korridor kamen, vor ihrer Tür lange verhielten und dann auf dem gleichen Weg wieder verklangen. Wäre er doch hereingekommen. Vielleicht hätte man ja über alles sprechen können. Gerade sie mußte doch dazu bereit sein, ihn zu verstehen, sagte sie sich immer wieder, und doch akzeptierte sie es nicht. Schließlich nahm sie ein Schlafmittel. Schon bald stellte sich die Wirkung ein. Die Probleme verflüchtigten sich, lösten sich scheinbar im Nichts auf. Eine heitere Gelassenheit überkam die junge Frau, ehe ihr die Augen zufielen. Sie schlief tief bis weit in den Morgen hinein.

SAMSTAG

8 bis 13 Uhr

In der Villa Stricker hatten die Vorbereitungen auf das Fest begonnen. Paul Stricker lehnte am Türbalken zu der großen Wohnhalle und sah seiner Frau und den vielen Helferinnen und Helfern zu. Ingrid Stricker warf immer mal wieder einen Blick zu ihm hinüber. So kannte sie ihn nicht. Normalerweise übernahm er sofort das Regiment, wenn er irgendwo auftauchte. So unbeteiligt hatte sie ihn überhaupt noch nie erlebt.

Jetzt stieß er sich von dem Balken ab und ging den langen Korridor hinunter, der zum hinteren Treppenhaus führte. Er stieg langsam in den ersten Stock hinauf. Sonst pflegte er immer zwei oder drei Stufen auf einmal zu nehmen. Heute setzte er Fuß vor Fuß und wirkte, als ob er auf seinen Schultern eine schwere Last zu tragen hätte. Vor der Tür zu Cordulas Zimmer blieb er lange stehen, ehe er zögernd klopfte.

«Wer ist da?» fragte Cordula.

«Ich bin's.»

Die Tochter antwortete nicht. Auch als er noch ein paarmal rief und immer wieder bat, «Cordula, mach doch auf!» verhielt sie sich still. Einmal glaubte er sie leise weinen zu hören, aber vielleicht bildete er sich das auch nur ein.

Als er wieder in die Wohnhalle kam, verteilte seine Frau gerade die Tischkarten.

«Den Herrn Gensmer setzen wir diesmal neben den Staatssekretär.»

«Das gibt bloß Streit», ließ sich Stricker von der Tür her hören. «Der Gensmer ist doch einer von den schlimmsten Sozis.»

«Besser sie streiten sich, als sie kehren alles unter den Teppich», gab seine Frau ungewohnt forsch zurück.

Die meisten Gäste fuhren zunächst zu den Gasthöfen und Hotels, in die sie von Stricker einquartiert worden waren. Traditionsgemäß traf man sich so gegen 13 Uhr in der Villa Stricker. Nach einem Begrüßungstrunk wurden die Speisen aufgetragen. Danach ging's ins Festzelt zum Schützenfest, wo man Bier und verschiedene Schnäpse trank und der örtlichen Blaskapelle lauschte. Die meisten Gäste waren um diese Zeit schon nicht mehr ganz nüchtern. Wieder zu Hause in der Villa Stricker, reichte Ingrid Stricker Kaffee und verschiedene Kuchen, die ihre Helferinnen aus dem Dorf gebacken hatten. Abends wurden dann Schinken- und Wurstplatten aus eigener Produktion serviert. Und jeder Gast bekam ein ordentliches Paket mit den Produkten aus Strickers Fleisch- und Wurstfabrik mit auf den Weg. Die letzten Gäste verließen das Haus in der Regel erst im Morgengrauen des darauffolgenden Sonntags.

Stricker ging in das Ankleidezimmer im ersten Stock hinauf und zog sich um. Seine Frau hatte ihm alles sorgfältig bereit gelegt. Als er vor dem mannshohen Spiegel den Krawattenknoten zum letztenmal zurechtrückte, schaute sich Stricker prüfend in die Augen. Dann straffte er sich, drückte das Kreuz durch und ruckte in den Schultern. Er würde sich nichts anmerken lassen – er nicht! Stricker machte auf dem Absatz kehrt und ging zur Tür. Auf der Schwelle stand Ingrid. Als er zu ihr trat, legte sie eine Hand auf seinen Arm und sagte leise: «Wenn dich etwas bedrückt, Paul, dann sag's mir!»

«Bedrücken? Was soll mich denn bedrücken? Wie kommst du überhaupt auf so etwas?»

Sie wollte noch sagen: «Ich kenn dich doch, du hast doch etwas ...›. Aber da war er schon hinausgegangen. Sie sah ihm nach. Die Art, wie er den Korridor hinabschritt, hatte etwas unnatürlich Steifes. Aber jemand anderer als sie würde das nicht bemerken.

Bienzle wollte wenigstens einen Teil seines Versprechens wahr machen. Deshalb waren er und Hannelore schon in aller Herrgottsfrühe losgefahren. Das Wetter hatte gehalten. Das Laub färbte sich bunt. Goldene Oktobertage.

Die beiden stiegen auf einem Parkplatz zwischen Großerlach und Mainhardt aus. Bienzle kannte seinen Weg durchs Rottal, an vier Mühlen vorbei, die alle längst nicht mehr betrieben wurden, dann – nach einer Spitzkehre – durch einen hohen Tannenwald hinauf zur Mainharter Höhe, über helle Felder zum Stadtrand, auf der anderen Seite wieder hinaus aus dem Städtchen und über Hohenstraßen ins hintere Rottal hinab. Unterwegs konnte man in der «Einkehr» bei der Rösersmühle Rast machen, einen Backsteinkäsesalat oder ein Ripple mit Kraut essen, ein Weizenbier oder auch ein Weinschorle dazu trinken, hernach einen Schnaps und einen Kaffee. Der Alkohol war längst «verschafft», wie Bienzle es ausdrückte, wenn man nach drei weiteren Stunden des Wanderns zum Auto zurückkehrte.

Sie gingen dicht nebeneinander, aber gut eine Stunde lang sprachen sie nichts. Für Bienzle waren das die glücklichsten Stunden. Hannelore und er verstanden sich, auch ohne zu reden. Und nicht selten knüpfte sie exakt an seine Gedanken an, wenn sie als erste wieder das Wort nahm. Umgekehrt war es nicht anders.

«Meinst du, der Stricker und der Dreher stecken unter einer Decke?»

«Ich hoff's nicht!»

«Aber du hältst es für möglich?»

«Vor ein paar Jahren hat ein Sauerkrautfabrikant die EG um ein paar Millionen beschissen, indem er einfach ein paar Zahlen in den Anträgen, die schon übers Ministerium gelaufen waren, geändert hat. Sonntags morgens nach der Kirch hat er sich zurückgezogen und fein säuberlich die amtlichen Papiere gefälscht. Dabei hatten ihm seine Gönner in den Ministerien ch schon weit mehr zugebilligt als jedem anderen.»

«Und du meinst, der Stricker könnte es genauso gemacht haben?»

«Passen würde es zu ihm. Und ich nehm an, er hätt nicht einmal ein Unrechtsbewußtsein. ‹In dem Staat›, hat er schon früher immer gesagt – ‹in dem Staat mußt du dir dein Recht selber holen.›»

«Na ja, so unrecht hat er ja vielleicht gar nicht», meinte Hannelore.

«Und wenn's jeder so machen würde?»

«Das passiert ja nicht. Es sind ja nur die allerwenigsten so clever wie dein Freund Stricker.»

«A bißle arg pragmatisch ischt des aber schon, was du da sagst.»

«Ich versuche nur, ihn zu verstehen.»

Bienzle nickte und ging schweigend weiter. Er selber sagte ja immer, man müsse einen Täter verstehen, bevor man ihn wirklich überführen könne.

Ein paar Kilometer weiter sagte Hannelore: «Aber wenn er Fleisch, das schon übers Verfallsdatum hinaus ist, nach Ungarn und Polen transportieren läßt...»

Bienzle gab einen undefinierbaren Laut von sich. «Verantwortungslos ist das!»

«Und hast du nicht gesagt, er führt es darauf gleich wieder in Deutschland ein?»

«Möglicherweise. Er oder der Dreher. Der Stricker muß gar nicht unbedingt etwas davon wissen. Vielleicht macht der Dreher diese Geschäfte ganz ohne ihn. Und was der da für einen Reibach machen kann! Sowohl für die Ausfuhr *in* die armen Ostländer als auch für die Einfuhr *aus* den armen Ostländern kann er Riesensubventionen aus Brüssel und aus Bonn kassieren.»

Gegen 13 Uhr kamen in kurzen Abständen Staatssekretär Hilbert, Ministerialdirektor Bossle und der Fraktionsvorsitzende Fahlbusch in Winnenden, wenige Kilometer vor Weisangen, an. Sie hatten sich in einer Schwäbischen Weinstube verabredet, wo man in einem kleinen Nebenzimmer ungestört beraten konnte. Die Weinstube gehörte einem Vetter Hilberts, auf dessen Verschwiegenheit man sich verlassen konnte.

«Ich wüßt auch was Bessers», maulte Bossle, als er sich auf der Eckbank am Kachelofen niederließ. Der Raum roch nach kaltem Rauch und abgestandenem Bier.

«Man sollte in Kneipen immer erst gehen, wenn d' Leut da sind und der Geruch wieder lebendig ist», sagte Hilbert.

Fahlbusch zündete eine Zigarre an. Bossle fand, daß er dafür eigentlich ein viel zu junges Gesicht hatte. «Also», fing er an, «der Dreher hat das Geld erhalten, aber nicht an uns weitergeleitet.»

«So etwas hatte ich mir schon gedacht», sagte Fahlbusch.

Bossle zog die Augenbrauen hoch. Auch wenn der junge Mann schon Fraktionsvorsitzender war, so vorwitzig brauchte er sich nun doch nicht zu benehmen.

«Warum haben Sie dann nie etwas gesagt?» fuhr ihn Hilbert an, Bossle nickte beifällig.

«Na ja, es war ja vorerst nur eine Vermutung.»

«Aber jetzt wissen wir's genau», sagte Bossle. Und nun direkt zu Fahlbusch: «Daß mir dieser Dreher das Festessen beim Stricker nicht verläßt, ohne den Betrag auf Heller und Pfennig bezahlt zu haben.»

«Ich soll...?» Fahlbuschs Selbstsicherheit war mit einem Schlag verflogen.

«Ja, wer denn sonst?» Bossle konnte über so viel Naivität nur den Kopf schütteln. «Stricker spendet schließlich das Geld der Partei und nicht dem Ministerium.»

«Aber Sie haben doch mit ihm verhandelt!»

«Stellvertretend. Oder von mir aus in meiner Funktion als

Parteimitglied. Aber ich habe auch immer klar gesagt, daß sich einer wie der Herr Staatssekretär oder ich nicht exponieren kann.»

Hilbert schaute den jungen Fraktionsvorsitzenden aus schmalen Augen an. «Sagen Sie, sollte das wirklich ein Problem für Sie sein?»

«Natürlich nicht», beeilte sich Fahlbusch zu sagen, «ich habe mir ja nur überlegt, wer von uns die nachhaltigere Wirkung erzielt.»

Und nachher muß man natürlich sehen, daß man den Dreher fallenläßt, ohne daß der uns schaden kann», sagte Bossle.

«Sie denken an eine Art Abfindung?» wollte Fahlbusch wissen.

Die beiden älteren Männer sahen ihn fast mitleidig an.

«Wenn Sie dem einmal was bezahlen, hört das nie auf», meinte Bossle nun fast schon in väterlichem Ton. «So einer muß Angst haben. Am besten man versetzt ihn in eine Situation, wo er das Maul überhaupt nicht mehr aufmachen kann.»

Fahlbusch sah überrascht vom einen zum andern. Was hatten die beiden vor?

«Denken Sie nach, Herr Dr. Fahlbusch», sagte Bossle. «Wir brauchen etwas, was wir jederzeit gegen ihn verwenden können. Wenn hier nämlich einer einen anderen erpreßt, dann ganz bestimmt nicht dieser Dreher uns!» Er klopfte an die Zwischentür zum großen Gastraum. «Ich könnte jetzt ein Viertele vertrage!»

Dreher fuhr noch bei Wibke vorbei, ehe er sich auf den Weg nach Weisangen machte. Iris war ebenfalls bei ihr. Die kleine «Zofe» hatte noch immer keine Erklärung für das, was am Abend zuvor geschehen war. Jedenfalls habe der Kunde total durchgedreht, als er Cordula bemerkt habe, berichtete sie. Wibke biß sich auf die Unterlippe. In ihrem Gehirn formte sich ein Gedanke, aber sie lehnte es noch ab, ihn zuzulassen.

Dreher hatte Blumen und eine große Schachtel Nougatkonfekt mitgebracht. Er wußte von jedem Menschen, den er vielleicht einmal brauchen konnte, was der am liebsten mochte. Bei Wibke war es ein ganz bestimmtes Nougatkonfekt, das man nur in einer Pattisserie in der Eberhardstraße bekam. Hühnereigroße, ungleich geformte Pralinen, die wie Faustkeile aus der Steinzeit aussahen und – wie Wibke wußte – absolut unvergleichlich schmeckten. «Lauter Kalorienbomben», sagte die Domina.

«In deinem Beruf darf man ruhig ein bißchen mehr auf den Rippen haben», gab Dreher fröhlich zurück.

«Die Cordula Stricker ist überschlank», gab Wibke mit einem lauernden Blick zurück.

«Sie ist ein anderer Typ», entgegnete Dreher obenhin. «Wie ist es denn gelaufen?»

Wibke deutete auf Iris. «Sie war dabei.»

«Der Typ ist reingekommen – alles lief nach Plan. Bis...», sie mußte einen zweiten Anlauf nehmen, «... bis die Gräfin Wanda im Nebenzimmer auftauchte. Sie muß seine Stimme erkannt haben...»

«Ja, das glaube ich», sagte Dreher mit einem selbstgefälligen Lächeln. Wibke ließ ihn ab jetzt nicht mehr aus den Augen.

«Jedenfalls lief Cordula weg wie von Furien gehetzt», fuhr Iris fort. «Und der Kunde war wie verwandelt. Plötzlich hat der mich rumkommandiert, und zwar so herrisch, daß mir gar nicht eingefallen wäre zu widersprechen. Genaugenommen hat der mich überhaupt nicht mehr wahrgenommen. Der Mann muß gewohnt sein zu befehlen, sag ich mal.»

«Allerdings», sagte Dreher.

«Du kennst ihn also?» wollte Wibke wissen.

«Ja, was glaubst du denn, warum ich das Ganze inszeniert habe?»

«Und weiß Cordula, daß du dahintersteckst?»

«Eins sag ich dir», Drehers Stimme klang plötzlich gefährlich, «wenn sie es erfährt, hast du keine schöne Stunde mehr in deinem Leben. Und für dich gilt das gleiche», herrschte er Iris so heftig an, daß sie unwillkürlich zurückfuhr.

«Wenn sie ihn erkannt hat, werden sie irgendwann darüber reden», sagte Wibke.

«Aber sie werden nicht wissen, wie es zustande kam – es sei denn, ich sag's ihnen!» Der Gedanke schien ihm zu gefallen; denn er wiederholte noch mal: «Es sei denn, ich sag's ihnen.»

«Weißt du eigentlich, was du da womöglich angerichtet hast?» fragte Wibke, die den Zusammenhang langsam begriff, mit leiser Stimme.»

«Ich denke schon!»

«Und das macht dir gar nichts aus?»

«Wenn so einer glaubt, er müsse sich über mich erheben...»

«Ach hör doch auf», fuhr ihm Wibke in die Parade, «so was macht man doch nicht nur, um irgendeine Genugtuung zu haben. Ist doch lächerlich. Schlimmer als damals, als sich irgendwelche Ehrpussels wegen jedem Pups einen zum Duell gefordert haben.»

Dreher sah sie lächelnd an. «Je kleiner er wird, um so größer werde ich – und das hat mit Ehre überhaupt nichts zu tun.»

Wibke schüttelte den Kopf. «Da hast du was nicht verstanden, Joachim. So einer wie Cordulas Vater, der hat ganz andere Reserven als du. Mindestens hier in diesem Ländle.»

Als Wibke zum erstenmal klar aussprach, daß der Kunde Cordulas eigener Vater gewesen sein könnte, schlug sich Iris unwillkürlich mit der flachen Hand vor den Mund.

«Ach was, der ist nichts. Gar nichts ist der. Der war vielleicht mal irgendwer, aber jetzt? – Null minus irgendwas ist der. Ein Minus-Mensch, genau. Ein Minusmensch.» Zu spät merkte Dreher, daß er sich gehenließ. «Im übrigen, was geht's dich an?» schloß er seinen Ausbruch wütend.

«Und du fährst jetzt wirklich zu diesem legendären Rehessen nach Weisangen?» fragte Wibke.

«Worauf du dich verlassen kannst!»

Als Dreher Wibkes gemütliche Dachwohnung verließ, hatte er viel zu viele von den Nougateiern vertilgt. Er, der sonst absolut diszipliniert aß, kam nun mit vollem Magen bei Strickers an. So hatte er sich das nicht vorgestellt.

«Mann, bin ich erledigt», seufzte Bienzle, als sie ihr Auto wieder erreichten. Er zog die Wanderstiefel aus und schlüpfte in bequeme Slipper. «Wir fahren zuerst in den Gasthof, duschen uns, legen uns ein bißchen hin und gehen dann zu Strickers Fest.»

«Oder wir fahren gleich wieder nach Hause.»

«Das ist genau das, was nicht geht», sagte Bienzle.

Später im Hotelzimmer lehnte er in der Tür zum Badezimmer und sah Hannelore beim Duschen zu, was die gar nicht so gerne mochte. Aber Bienzle mußte einen Gedanken loswerden, den er auf der ganzen Wanderung in seinem Hirn bewegt hatte: «So einer, der mehr krumme als grade Geschäfte macht, der kann doch keinen Augenblick sicher sein, daß er nicht entdeckt wird...»

«Solange es solche wie dich gibt, schon», sagte Hannelore aus einer Dampfwolke heraus. Bienzle wunderte sich, seitdem er sie kannte, darüber, daß ein Mensch so heiß duschen konnte wie sie.

«Der hat doch keinen Moment Ruhe. Der muß doch immer Fuchs und Has sein...»

«Was muß der...?»

«In jedem Augenblick auf der Hut sein. Wenn er nur einen Fehler macht, kann doch sein ganzes Gebäude zusammenstürzen.»

«Ich weiß nicht, was du eigentlich willst, Bienzle?»

Jetzt duschte sie eiskalt. Das verstand er noch weniger. Für ihn selber gab's nur einen Moment, in dem er eine kalte Dusche ertrug: direkt nach der Sauna. «Ich will wissen, ob sich so einer nicht auch danach sehnt, am Abend einfach mal alle viere von sich zu strecken und zu wissen, ich hab meine Arbeit gemacht, ich kann mit mir zufrieden sein, und mir kann auch nichts passieren.»

«Das wär dem wahrscheinlich zu langweilig», sie gab jetzt nach jedem Wort spitze Schreie von sich. Wenigstens das!

«Aber so ganz ohne Ruhe. Ohne jede Entspannung, ohne die Chance zu sagen, ‹mir ist alles egal, heut will ich meine Ruh und lass' den Herrgott einen guten Mann sein›?»

Hannelore kam aus der Dusche. Bienzle sah sie bewundernd an. Sie hatte noch immer den Körper einer jungen Frau – zumindest war er überzeugt davon.

«Guck nicht so», sagte sie und schlang schnell eins der Hotelhandtücher um ihre Hüften. «Was du dir auch immer für Gedanken machst.»

«Im Augenblick hab ich nur drüber nachgedacht, ob es uns noch reicht, miteinander zu schlafen, ehe wir zu diesem Fest gehen.»

«Nach dem Fest», entschied Hannelore, «das ist die einzige Chance, dich davon abzubringen, die ganze Nacht lang zu ermitteln.» Sie schritt auf Zehenspitzen zu den Betten hinüber und zog die Kleider aus dem Koffer, die sie für die Einladung bei Strickers anziehen wollte. «Jetzt weißt du wenigstens, warum du Polizist und kein Verbrecher geworden bist.»

«Aha?»

«Ja, damit du ab und zu Fünfe grade und den Herrgott einen guten Mann sein läßt.»

SAMSTAG

13 bis 18 Uhr

Als Ministerialdirektor Bossle auf Strickers imponierende Villa zuging, war er bereits in ein intensives Gespräch mit dem örtlichen Bürgermeister Wagner vertieft. «Dann müßten wir aber mit der Mehrwertsteuer mindestens noch mal um zwei Prozentpunkte rauf. Und wer will das schon?» Wagner machte eine Geste, die besagen sollte, ‹ich versteh Sie ja›. «Wir von den Kommunen sitzen halt immer am Ende der langen Bank», sagte er.

Bossle gab sich jovial. «Jetzt wollen wir mal nicht jammern, Herr Bürgermeister, sondern feiern, was?! Da kommt ja auch der Herr Staatssekretär.»

Wagner begrüßte Hilbert mit einem tiefen Diener und stellte ihm seine Frau vor – eine üppige, vulgäre Schönheit, die in einem viel zu knappen Kleid mit einem zu großen Ausschnitt steckte. Bossle, der die Szene beobachtete, ertappte sich bei dem Gedanken, daß die Frau Bürgermeister unmöglich den ganzen Nachmittag und Abend würde die Luft anhalten können.

Hilbert gab sich jovial: «Aha, auch da. Schön, sehr schön. Alle Jahre wieder, was, Herr Bürgermeister...?»

«Für unsere Gemeinde immer ein Höhepunkt», sagte Wagner. Aus einem einfachen Kleinwagen sprang der Oppositionsabgeordnete Gensmer, schaute sich um und rief dann fröhlich: «Aha, die Bossle-Hilbert-Fahlbusch-Connection.» Tatsächlich trat just in diesem Moment Fahlbusch hinzu. Er nahm sich sofort des Oppositionsabgeordneten an. «Ah, der Herr Gensmer, das ist jetzt aber mal nett. Aber das wissen Sie, net wahr, hier sind wir alle privat – hier bin ich Mensch, hier darf ich's sein!»

«Ich schon», sagte Gensmer mit einem vielsagenden Blick auf Hilbert und Bossle.

Fahlbusch nahm den SPD-Mann am Arm. «Übrigens Respekt, Herr Kollege. Ihre Rede vorgestern...» Er machte eine anerkennende Geste.

«Ja, gell, das tut ein bißchen weh, macht aber nichts, solang ihr die absolute Mehrheit habt!»

«Genau, genau», Fahlbusch lachte selbstzufrieden. «Aber trösten Sie sich. Irgendwann geht's auch einmal anders herum! – Wenn's wir zwei vielleicht auch nicht mehr erleben.» Der knapp fünfunddreißigjährige Fahlbusch freute sich erkennbar über seinen Einfall. Daß er ein Jahr später schon mit Gensmers Partei würde koalieren müssen, konnte er damals zwar schon ahnen, aber er hätte den Gedanken gleichwohl weit von sich gewiesen...

Im Hintergrund trat das Ehepaar Stricker aus dem Haus. Von niemandem bemerkt, erschien hinter einem Fenster im ersten Stock Cordulas Gesicht.

Bossle ging als erster auf das Ehepaar Stricker zu. Er breitete weit seine Arme aus und rief: «Wissen Sie was, das ganze Jahr über freu ich mich auf diesen Samstag in Weisangen.»

Stricker hatte Mühe, sich aufgeräumt zu geben. «Das ehrt uns», sagte er ein wenig steif. Bossle stieß Ingrid Stricker ein mächtiges Blumenarrangement in die Arme. «Wenn ich mir erlauben darf, eine kleine Aufmerksamkeit für die Dame des Hauses.»

«Oh, sind die aber schön», log Ingrid Stricker und reichte die Blumen an eines der Mädchen weiter, die hinter dem Ehepaar Aufstellung genommen hatten und in ihren weißen Schürzen mit den Rüschenbändern ausgesprochen adrett aussahen.

Hannelore und Bienzle hatten sich gut eine Stunde zuvor vom Hotel aus zu Fuß auf den Weg gemacht. Sie verließen das Dorf in südlicher Richtung. Bienzle kannte einen schmalen Fußweg, der dicht am Saum eines Tannenwaldes zu einem kleinen Bach hinabführte. Das Wasser schlängelte sich in zahllosen Windungen durch moosigen Grund unter hohen Bäumen, deren Zweige leise rauschten, obwohl man hier unten keinen Windhauch spürte. Ein Trampelpfad folgte dem Flüßchen, verlor sich aber schon bald in einem Wald, der erst kürzlich aufgeforstet worden war. Sie umgingen die Schonung und erreichten den Bach wieder an einer Stelle, wo er über massige, vermooste Steinbrocken in ein zwei Meter tiefer liegendes Bett hinabfiel. Bienzle erzählte, wie sie sich früher an heißen Tagen nackt unter diesen «Wasserfall» gesetzt hatten, um sich abzukühlen. Ein Stück weiter unten hätten sie Gumpen gebaut. Kunstvoll seien ihre Dämme aus Lehm, Steinen und Zweigen gewesen. An manchen Stellen hätten sie das Wasser so hoch aufgestaut, daß man kaum mehr habe stehen können. Ihr schönster Gumpen sei acht Meter lang gewesen. Und viele Dorfkinder hätten darin schwimmen gelernt.

Hannelore hörte Ernst Bienzle gern zu, wenn er erzählte. Viele seiner Geschichten kannte sie schon länger, und sie verfolgte amüsiert, wie sie sich von Mal zu Mal veränderten. Bienzle hatte ein Gespür für Wirkung. Und wenn ein Detail besonders gut ankam, behielt er es bei, oder er baute es sogar noch aus. So bekamen die Geschichten mit der Zeit immer neue Wendungen und Pointen. Sie entfernten sich zusehends von der Realität und wirkten doch immer glaubhafter und wahrer. Hannelore hatte schon öfter gesagt: «Du hättest es einmal mit Schreiben versuchen sollen.»

«Ach was», pflegte er darauf zu sagen, «ein paar sind Genies, alle anderen sind niederer Durchschnitt. Und wehe, du bist dazwischen! Ich wäre wohl kaum ein besserer Schreiber als Klavierspieler geworden.»

Die Sonne fiel in schmalen Streifen zwischen den Zweigen der Bäume auf das blaugrüne Moos. Die beiden setzten sich mit dem Rücken an einen Baumstamm. Bienzle faßte zu Hannelore hinüber, und sie hielt seine Hand eine Weile fest. «Warum machen wir denn diesen Umweg, wir sind doch heute morgen schon so viel gelaufen?» fragte sie nach einiger Zeit.

«Der Stricker hat einen Bruder, Gerhard heißt er.» Bienzle machte eine nachdenkliche Pause.

«Das beantwortet aber meine Frage nicht.»

«Doch, weil... Vielleicht treffen wir ihn auf diesem Weg.» Bienzle erhob sich ächzend und zog Hannelore an beiden Händen zu sich herauf. Nach ein paar hundert Metern trennten sie sich von dem Bach und stiegen über natürliche Stufen, die sich aus Baumwurzeln gebildet hatten, steil hinauf zu einer Wiese, in deren Mitte ein einzelner gewaltiger Baum stand – eine Kirsche, von der Bienzle wußte, daß sie alljährlich nur von den Vögeln «abgeerntet» wurde, weil der Besitzer es so wollte. Dieser Besitzer aber, so erklärte er weiter, sei Paul Strickers Bruder Gerhard.

Sorgfältig umrundeten sie die Wiese. Noch einmal würde der Gerhard mähen in diesem Jahr, wußte der Kommissar, das Öhmd, wie man den letzten Schnitt hier nannte. Und es gehörte sich einfach nicht, vorher quer durch eine Wiese zu gehen, auch wenn das Gras nachher wieder aufstand.

Sie erreichten eine Kuppe. Vor ihnen lag das Dorf, hingekuschelt in eine Senke, dominiert von dem Kirchturm, auf dessen Spitze sich ein goldener Hahn unschlüssig im Wind drehte. Auf der gegenüberliegenden Seite der Mulde sah man am Hang Paul Strickers gewaltige Villa. Die Sonnenstrahlen glitzerten auf der Wasseroberfläche des Swimmingpools und auf dem Lack der Autos, die inzwischen dort vorgefahren waren. Linkerhand, dort wo sich die Mulde zu einer kleinen Hochebene hin auftat, war die Fleisch- und Wurstwarenfabrik Stricker hingeklotzt worden. Ein häßlicher rechteckiger Kasten mit einem Flachdach. Davor standen die Lastwagen aufgereiht – ein Bild absoluter Ordnung.

Der Weg schlängelte sich jetzt zwischen Holunderhecken und einzelnen Obstbäumen hinunter in die Senke. An manchen Stellen verschwand er zwischen hohen Böschungen und wurde zum Hohlweg. Die Räder der Bauernwagen, meist von Kühen, seltener von Gäulen gezogen, hatten ihn im Verlauf der Jahrzehnte immer tiefer ausgefurcht.

Und dann standen sie plötzlich, noch immer halbhoch am Hang, vor einem eingezäunten Grundstück. Ein Hund rannte aufgeregt bellend herzu, als er die Stimmen und die Schritte von Hannelore und Bienzle hörte. Bienzle ärgerte sich, daß er Balu zu den Horlachers gebracht hatte. Der Hund hätte die langen Wege mit ihnen gehen können, und danach wäre er so fix und fertig gewesen, daß er gerne im Auto die Zeit verdöst hätte.

Das Grundstück war eine seltsame Mischung aus Schrott- und Spielplatz. Der Besitzer sammelte offensichtlich alles, was Räder, Kolbenstangen, Zahnräder und Treibriemen hatte. Bienzle sagte: «Der bringt jede Maschine, egal wo sie herkommt, wieder in Gang!»

Mitten unter dem alten Gerümpel standen ein Kinderkarussell, eine Schiffschaukel und eine Jahrmarktsorgel. Im Hintergrund erhob sich ein zweigeschossiger Holzbau, auf dessen flachem Dach eine riesige Nachbildung des «Denkers» von Rodin saß – so wie man sie kannte: nackt, den Ellbogen auf ein Knie und das Kinn auf die rechte Faust gestützt.

Aus dem Gebäude trat jetzt ein Mann in Latzhosen. Darunter trug er nichts als nackte, wettergegerbte Haut. Im Vorbeigehen drückte er einen Schalter an der Jahrmarktsorgel. Das Instrument begann ächzend den Radetzkymarsch zu spielen. Ab und zu fehlten ein paar Töne, dann gab es statt dessen Laute von sich, als ob es aus dem letzten Loch pfiffe.

«Jetzt sag bloß, Bienzle, bischt du des?»

«Das ist er», sagte Bienzle leise zu Hannelore. «Der Gerhard Stricker.»

«Bist zum Rehesse nach Dettelsbach komme?» rief der Mann in der Latzhose.

Der Hund beruhigte sich nach ein paar freundlich mahnenden Worten seines Herrn und wedelte nun mit dem Schwanz. Gerhard Stricker schloß das Tor auf, trat auf Bienzle zu, packte ihn an beiden Oberarmen und zog ihn dann mit einer heftigen, ruckartigen Bewegung an seine Brust. «Hättest ruhig scho früher amal komme könne!»

«Recht hascht!»

Hannelore stand daneben und kam sich einigermaßen überflüssig vor. Aber da wandte sich ihr Gerhard Stricker auch schon zu. Hannelore fielen die grellblauen Augen auf. Sie hatte eine solche Augenfarbe noch nie gesehen. Als ob die Pupillen von innen beleuchtet würden.

«Das ist die Hannelore», sagte Bienzle. Nachnamen schienen hier nicht üblich zu sein.

«Gerhard, meine Freund sagen Jerry!», stellte sich der Mann in der Latzhose vor. Sie gaben sich die Hände. Gerhard Stricker lud sie ins Haus ein und servierte ihnen einen selbstgebrannten Blutwurzelschnaps. «Da schaffet ihr den Rehbrate nachher besser.»

Ob er denn nicht auch zum großen Fest in die Stricker-Villa käme, wollte Bienzle wissen. «Vielleicht gegen Abend», sagte Gerhard. «Eing'lade bin ich wie jedes Jahr, aber weil er mich sonst auch nie sehen will, geh ich normalerwiese auch zu seinem Rehessen nicht hin.»

Bienzle wunderte sich, daß der reiche Stricker den armen Bruder ausgerechnet dann einlud, wenn er eine besonders feine Gesellschaft gab.

Jerry lachte. «Ja grad deshalb, da führt man gern die arme Verwandtschaft vor. Man hat ja eine soziale Ader, net wahr, und keine Vorurteile. Immer besser, als es würde über einen getuschelt, daß man den eigenen Bruder um alles gebracht hat.»

«Hat er das denn?» fragte Hannelore.

«Es war ja auch besser so», Gerhard Stricker lächelte sie an, «der Betrieb wär niemals so groß und gewinnträchtig geworden, wenn ich da mitgemischt hätte...»

«Na ja», sagte Bienzle lauernd, «bei dir wär ja auch alles legal zugegangen.»

«Ich weiß, worauf du nauswillst, aber ich sag nix dazu!» Gerhard zwinkerte den alten Freund fröhlich an. Er nahm ein Fernglas vom Fensterbrett und stellte es auf die Villa auf der anderen Seite des Dorfes ein. «Wenn ihr nicht zu spät kommen wollt, müßt ihr langsam weiter.»

«Du siehst mit deinem Glas doch auch, wann welche Lastwagen fortfahren und wiederkommen, vielleicht sogar, was auf-, beziehungsweise abgeladen wird.» Bienzle ließ noch nicht lokker.

«Wenn du's anders nicht rauskriegst, frag noch amal.»

«Das heißt...?»

«Das heißt, ich führ natürlich Buch drüber, weil...» er wandte sich mit einem unschuldigen Lächeln an Hannelore, «wenn ich ihm ein's auswischen kann, tu ich's natürlich!«

«Vielleicht schauen wir ja morgen noch mal vorbei», sagte Bienzle.

«Mich würd's freuen.» Gerhard Stricker erhob sich und machte damit völlig klar, daß für ihn das Gespräch beendet war.

Als sie das Grundstück verließen, hörten sie Musik von einem Akkordeon. «Er hat schon immer besonders gut Ziehharmonika g'spielt», sagte Bienzle. «Früher haben wir sogar noch gemeinsam musiziert.»

«Was denn, du am Klavier und er mit dem Akkordeon?»

«Nein, damals hab ich noch ein Schlagzeug malträtiert.» Sie gingen jetzt rasch durch das Dorf. Hannelore schüttelte in Gedanken an die Begegnung mit Gerhard Stricker den Kopf. «Du hast ihn nur besucht, weil du gehofft hast, daß er dir etwas über seinen Bruder erzählt.»

«Das auch, aber ich hab mich auch saumäßig g'freut, daß ich ihn wieder einmal gesehen habe.»

Am Rand der Auffahrt zu Strickers Villa blieben Hannelore und Bienzle stehen und betrachteten den Auftrieb vor der Haustür. Es waren noch längst nicht alle Gäste da. Bienzle bemerkte Cordulas Gesicht – halb verdeckt durch eine weiße Gardine. Dennoch erkannte er, daß die junge Frau geweint hatte und einen aufgewühlten Eindruck machte. Er stieß Hannelore unmerklich mit dem Ellbogen an. «Schau mal dort oben am Fenster...»

Hannelore hob den Kopf. Sekunden später verschwand das Gesicht. «Wer ist denn das?»

«Strickers Tochter, nehme ich an! Ich hab sie auch schon seit fünf oder sechs Jahren nicht mehr gesehen.»

Während die beiden nun zu den Strickers hinübergingen, fuhr Dreher vor. Er beobachtete, wie Bienzle und Hannelore von Paul und Ingrid Stricker begrüßt wurden. «Das freut mich aber, daß ihr's doch noch g'schafft habt», sagte Stricker. Und seine Frau bat die beiden, doch schon hineinzugehen und sich einen Begrüßungstrunk geben zu lassen. Bienzle zögerte. Auf keinen Fall wollte er die Begrüßung Drehers versäumen.

Stricker fuhr den Rechtsanwalt an: «Mit Ihnen hab ich nun wirklich nicht mehr gerechnet!»

Dreher lächelte. «Aber, aber, Herr Stricker, wir sind doch vernünftige Menschen und doch auch nicht nachtragend, oder? Sind Sie gestern noch in Stuttgart geblieben?» Das klang viel eher wie eine Feststellung als wie eine Frage. «Ich hoffe, Sie hatten einen angenehmen Abend.»

Stricker konnte nicht darauf antworten. Er hatte plötzlich einen trockenen Mund. Für den Bruchteil einer Sekunde erfaßte ihn ein Schwindelgefühl.

«Es tut mir leid, gnädige Frau», wendete sich Dreher an Ingrid Stricker. «Meine Blumen werden nachher gebracht. Irgendwie hat das Timing nicht hingehauen.» Er lachte charmant, «aber Sie hätten ja eh keine Hand mehr frei.»

«Trotzdem danke», sagte Frau Stricker kühl.

«Ich hab zu danken. Für die Einladung.»

Er schritt an Frau Stricker vorbei ins Haus. Bienzle stand noch dicht hinter der Tür.

«Sieh da, der Herr Kommissar. Ermitteln Sie etwa hier?»

«Ich besuche einen alten Schulkameraden.»

«Doch nicht Paul Stricker?»

«War ja nicht so schwer zu erraten», gab Bienzle zurück und eilte Hannelore nach, die bereits in der imponierenden Wohnhalle angelangt war und ihren Aperitif entgegennahm.

Man saß an runden Tischen, sieben an der Zahl, um jeden Tisch sechs bis acht Personen. Am Kopfende der Wohnhalle, dort wo man durch eine riesige Panoramascheibe auf die sanft geschwungenen Hänge des Murrhardter Waldes hinübersehen konnte, war ein großes Buffet aufgebaut. Männer in hohen weißen Mützen und Frauen in schwarzen Kleidern mit weißen Schürzen darüber legten das Fleisch auf die Teller, schöpften Spätzle und Sauce dazu und reichten den Gästen kleine Teller mit Salaten der Saison. Bienzle und Hannelore standen an der Wand und betrachteten den Auftrieb am Buffet.

«Wunderbar sieht das Fleisch aus», hörte man Bossle tönen.

«Ja, und man kann's ja jetzt auch wieder unbesorgt essen – zehn Jahre nach Tschernobyl», meldete sich der Bürgermeister.

«Es war eine Sünde, was man alles hat wegschmeißen müssen», sagte Stricker.

Hilbert winkte ab: «Ich hab mich da nie verrückt machen lassen. Ich hab immer alles gegessen!»

«Schrecklicher Typ», flüsterte Hannelore Bienzle zu.

«Immerhin ist er Staatssekretär. Die Arbeit machen sowieso

die Bürokraten. Solche wie der Bossle eben.» Aber dann zog Dreher Bienzles Aufmerksamkeit auf sich. An seinem Tisch dozierte er: «Letzten Monat hatte ich so einen Fall: Investitionszulage für die Aufbereitung von Milch zu Milchpulver... – in Holland kein Problem, in Dänemark kein Problem, aber hierzulande...», er sah zu Bienzle herüber, «... hierzulande wird ja jeder Versuch, in den Genuß berechtigter Subventionen zu kommen, gleich kriminalisiert.»

«Und womit?» meldete sich Gensmer. «Mit Recht!»

Fahlbusch mischte sich ein: «Ich finde auch, daß Sie da etwas übertreiben, Herr Dr. Dreher. Schließlich ist doch unser Gastgeber hier eher ein Beweis für das Gegenteil, oder?»

Wieder warf Dreher einen Blick zu Bienzle hinüber: «Aber gönnt man's ihm?»

Stricker hatte nicht zugehört. Er überreichte gerade einem Gast einen Teller mit dampfendem Rehfleisch. «Ach was, schwätz doch net», rief er, «das ist nicht zuviel.» Dann wendete er sich an die ganze Gesellschaft. «Das war ein Glückstag, wo ich die geschossen hab. Vier Wochen bin ich auf sie ang'sessen. Aber so sind die noch nie gestanden. Drei Stück, und keins ist mir ausgekommen. Keins! Da muß fei jeder Schutz sitze! Das letzte hab ich noch im vollen Lauf erwischt.»

«Auf der Flucht erschossen, was?» rief Dreher lauthals.

Einen Augenblick war es still in dem großen Raum. Alle sahen zu Dreher hin. Das Schweigen lastete für Augenblicke schwer über Gastgebern und Gästen. Bis Hilbert sich als erster wieder zu Wort meldete: «Eine schöne Tradition dieses Rehessen im Hause Stricker. – Wie lange machen Sie das jetzt schon?»

«Wir könnten bald unser 25. Jubiläum feiern», antwortete Stricker, froh darüber, daß das Gespräch wieder in Gang kam.

«1970 haben wir damit angefangen», ergänzte seine Frau.

Inzwischen waren alle versorgt. Frau Stricker hatte darauf bestanden, daß Bienzle und Hannelore am Tisch des Hausherrn saßen. Außer ihnen hatten dort noch Frau und Herr Wagner, Bossle und Fahlbusch Platz gefunden.

«Woher kennt ihr beide euch eigentlich?» fragte Bossle Bienzle jovial.

Stricker antwortete: «Wir sind mitnander in d'Schul gegange.»

«Mhm», machte Bienzle mit vollem Mund. «Er hat immer von mir abgeschrieben.»

«Er war halt der viel bessere Schüler», erklärte Stricker fröhlich.

Dreher rief vom Nachbartisch herüber: «Dafür haben Sie's viel weiter gebracht, Herr Stricker.» Wie schon bei seiner vorausgegangenen Bemerkung erntete Dreher auch diesmal nichts als peinliches Schweigen auf diesen Einwurf.

Stricker bemühte sich, den Gesprächsfaden wiederaufzunehmen: «Er hat damals im Schulhaus gewohnt. Klar, sein Vater war ja der Lehrer. Und was für einer! Weißt noch...?» Er wandte sich nun direkt an Bienzle, «gleich hinter dem Schulhaus ist der Bach in einer Dohle verschwunden. 700 Meter ist es dann unterirdisch weitergegangen bis zum Ausfluß in den Mühlbach. Etwa eins fünfzig hoch, ein gemauerter Gang. Das Wasser knöcheltief. Und unterwegs sind die ganzen Abwässer reingekommen. Jeder, der zu uns hat g'höre wolle, hat einmal da durchmüsse!»

«Iiiihhhh», machte Frau Wagner.

«Eine echte Mutprobe, was?» meldete sich der Fraktionsvorsitzende Fahlbusch.

Bienzle antwortete genüßlich und sah dabei Frau Wagner genauso genüßlich an. «Und das schlimmste war: Da unte hat's von Wasserratte nur so g'wimmelt. So dick», er zeigte es, «weißt das noch, Paul?»

Hannelore rammte Bienzle ihren Ellbogen in die Seite. Der Staatssekretär, ranghöchster Gast, nachdem sich der Minister hatte entschuldigen lassen, erhob sich und klopfte mit der Gabel an sein Weinglas – einen kleinen Saucenfleck dabei hinterlassend.

«Meine Damen und Herren», er hatte das Organ für Volksreden. Prompt verstummten die Gespräche an den Tischen. «Meine Damen und Herren», wiederholte Hilbert noch mal, «ich denke, es ist in unser aller Sinne, wenn ich einen Toast auf unseren Gastgeber ausbringe. Wie kein anderer pflegt er die lebensnotwendigen Verbindungen zwischen der Wirtschaft und der Politik – und das nicht, wie es in der Vergangenheit manchmal war, auf undurchsichtigen, fragwürdigen Pfaden, will ich amal sage, sondern offen, fair, manchmal auch kontrovers, aber immer loyal gegenüber diesem unserem Land und seinen Menschen. Solche Männer braucht das Land! Prost!»

Alle hoben ihr Glas und tranken Paul Stricker zu, außer Bienzle, der sein Glas nur halb zum Mund führte und abrupt wieder absetzte. Cordula Stricker hatte den Raum betreten. Niemand außer dem Kommissar schien sie bis jetzt bemerkt zu haben. Stricker nippte an seinem Glas und bedankte sich. Im gleichen Augenblick schlang Cordula von hinten ihre Arme um ihn, küßte ihn auf beide Wangen und sagte: «Hallo, Papa!» Stricker schien überrumpelt zu sein. Er stellte sein Glas so knapp am Rand des Tisches ab, daß es abkippte, auf den Boden stürzte und zerschellte.

Frau Stricker sagte: «Das ist unsere Tochter Cordula!»

Cordula grüßte ohne Interesse. Ihre Augen blieben an Dreher hängen. Der hielt ihrem Blick ein paar Augenblicke stand und sah dann zu Boden.

Bossle tönte: «Das nehme ich Ihrem Herrn Vater aber übel, daß er Sie uns so lange vorenthalten hat.»

«Möchtest du . . ., soll ich dir etwas zu essen holen . . . ?» stotterte Paul Stricker.

«Ich mach das schon.» Ingrid Stricker stand rasch auf und ging zum Buffet. Cordula ließ sich neben Bienzle nieder. Strecker stellte ihn vor: «Das ist mein alter Schulkamerad

Ernst Bienzle. Jetzt ist er Kriminalkommissar, aber ihr kennt euch ja...»

«Ach, Sie sind das?!» rief Bossle.

Bienzle sah den Ministerialdirektor an: «Hört sich an, als ob Sie schon mal was von mir g'hört hätten.»

«Ich dachte, Ihr kennt euch. Ministerialdirektor Bossle», stellte Stricker vor.

«Ich kenn den Herrn Bossle schon», sagte Bienzle.

«Und Sie sind ein richtiger Polizist?» fragte Cordula.

Bienzle lachte leise. «Fragen Sie meinen Chef, der ist da, glaub ich, ganz anderer Meinung!»

Frau Stricker kam vom Buffet zurück. «Da iß, Kind!»

«Schmeckt prima», sagte Bienzle, «übrigens müßten Sie sich eigentlich an mich erinnern, Cordula. Früher war ich öfter bei Ihren Eltern.»

«Es kommen und gehen so viele», sagte die junge Frau, und ihre Gedanken schienen irgendwo ganz anders zu sein.

Am Tag des Rehessens war Stricker nichts zu viel und nichts zu teuer. Mit einem Luxusbus fuhr man die wenigen hundert Meter bis zur Festwiese von Weisangen, wo der Schützenverein sein großes Bierzelt aufgebaut hatte. Im Bus fand sich Cordula neben Joachim Dreher wieder. Wie es dazu gekommen war, wußte sie selber nicht. Er legte eine Hand auf ihr Knie. «Na, wie geht's?» fragte er.

«Ich muß unbedingt mit dir reden. Es ist etwas Schreckliches passiert, Joachim.»

«Aber nicht jetzt, Kleines, wir werden beobachtet.»

Tatsächlich ließ Bienzle die beiden nicht aus den Augen. Er und Hannelore hatten sich ganz hinten auf die durchgehende Bank gesetzt. Das war wie ein Reflex.

Schon als Fahrschüler hatte sich Bienzle immer bemüht, einen dieser hintersten Plätze zu ergattern, und erst recht bei jedem Schulausflug.

Zwei Reihen vor Bienzle und Hannelore saßen Hilbert und Stricker nebeneinander. «Wo ist denn Ihre Frau?» fragte der Staatssekretär.

«Die ist daheimgeblieben. Es gibt ja noch so viel zu machen. Das Fest ist ja längst noch nicht zu Ende, nicht wahr.»

«Aber bisher hat ja alles ganz wunderbar geklappt.»

«Ja, Gott sei Dank.»

«Und auch sonst...»

«Bitte?»

«Auch sonst müßten Sie eigentlich ganz zufrieden sein», sagte Hilbert.

Stricker verstand. «Ja, ja, sicher. Wir haben zwar nichts zu verbergen, aber es ist doch trotzdem ganz gut, wenn man vorher weiß, wann der Wirtschaftskontrolldienst kommt. Vielen Dank noch mal.»

Hilbert winkte großzügig ab. «Wir Politiker leben nun halt mal nach dem Prinzip: ‹Tue Gutes und rede darüber.› Man hilft halt, wo man kann, net wahr.»

Alles lief so rund, so reibungslos, daß Stricker der Abend in Stuttgart nun auf einmal ganz fern und unwirklich erschien. Vielleicht hatte er sich das alles überhaupt nur eingebildet. Er sah zu Cordula und Dreher hinüber. Im gleichen Augenblick sah seine Tochter zu ihm her. Sofort war die Hoffnung, alles könne nur Einbildung gewesen sein, zerstoben.

Als die Gesellschaft den Bus verließ, wartete Stricker auf Cordula. «Das ist das erste Mal seit mindestens fünf Jahren, daß du mitfeierst», sagte er. «Früher hast du immer gesagt, daß dir das alles zu spießig sei.»

«Find ich immer noch», gab Cordula schnippisch zurück.

«Und warum machst du dann mit?»

Sie zuckte die Achseln. «Wenn ich nun schon mal da bin...»

Stricker hüstelte. «Du bist vorgestern abend sehr spät heimgekommen...»

«Du bist später gekommen.»

«Ja, ich war noch ..., ich hatte noch ein Geschäftsessen. Warst du mit dem Dreher aus?»

«Nein, ich war bei einer Freundin.» Damit ließ sie ihn stehen. Sie suchte wieder Drehers Nähe. Der parlierte mit Fahlbusch. «Ich kann das alles erklären. No problem», sagte er mit seinem jungenhaften Lächeln. «Wir beide sind doch noch immer klargekommen.»

Als Fahlbusch Cordula kommen sah, sagte er: «Wir sprechen uns noch. So einfach ist es diesmal nicht!» Er ging rasch weiter. Cordula trat dicht zu Dreher. «Joachim, ich muß dir unbedingt etwas erzählen. Jetzt kann doch keiner zuhören.»

«Trotzdem, es paßt mir jetzt nicht!»

Cordula ließ sich nicht beirren. «Ich brauche aber deinen Rat! Wibke hat mich am Donnerstag nachmittag angerufen und gefragt, ob ich für sie einspringen kann ...»

«Mein Gott, Cordula, ich hab jetzt wirklich ganz andere Probleme!» Er ließ sie stehen und suchte Anschluß an eine Gruppe um Bossle und Hilbert. Bienzle, der Cordula nicht aus den Augen gelassen hatte, seitdem die Gruppe aus dem Bus gestiegen war, trat zu ihr. «Ihnen geht's nicht so besonders, hmm?» fragte er. «Kann ich Ihnen irgendwie helfen, Cordula?»

Sie sah ihn nachdenklich aus ihren großen dunklen Augen an. «Jetzt nicht. Später vielleicht.»

Bienzle nickte. «Ich hab Zeit!»

Er ging zu Hannelore hinüber und hakte sich bei ihr unter. Aus dem Bierzelt dröhnte ein simpler Marsch.

«Was willst du überhaupt hier?» fragte Hannelore.

«Weiß nicht, das wird sich vielleicht noch herausstellen. – Wie gefällt's dir denn?»

«Langsam ganz gut. Wenn's in dem Zelt da drin ein gutes Bier gibt, bin ich schon fast versöhnt.»

Strickers Gäste formierten sich zu einer Art Zug und betraten so das Bierzelt. Sofort brach die Musik ab. Der Dirigent ging zum Mikrophon und rief hinein: «Und nun begrüßen wir unseren Schützenkameraden und hochherzigen Gönner Paul Stricker und seine prominenten Gäste aus dem ganzen Land.» Er hob den Taktstock, und die Kapelle intonierte mehr schlecht als recht: «Oh when the saints, go marching in...»

«Früher hat man den Einzug der Gladiatoren gespielt», sagte Cordula zu Hannelore, die sich mit großen Augen umsah und plötzlich alles ganz spannend fand. Die Weisangerer hatten sich in ihren Sonntagsstaat geworfen und saßen an langen Tischen auf einfachen Bänken vor ihrem Bier. Das sah anders aus als die Fernsehbilder vom Oktoberfest in München oder vom Cannstatter Wasen. Die Menschen saßen aufrecht, tranken nur in kleinen Schlucken und hatten ernste Gesichter. Als Hannelore ihren Bienzle darauf aufmerksam machte, sagte der: «Bevor's Nacht wird, schlägt hier keiner über die Stränge. Dazu ist man hierzuland zu fromm.»

Für Strickers Gesellschaft waren an der Seitenwand des Zeltes auf leicht erhöhten Holzpodesten Ehrenplätze freigehalten und als solche auch ausgewiesen worden. Dort nahm man Platz. Schon wenige Augenblicke später stand vor allen ein Henkelglas schäumendes Bier.

Der Dirigent klopfte ab. Die Kapelle intonierte einen Tusch. Der Vorsitzende des Schützenvereins trat ans Mikrophon. «Liebe Schützenkamerade, liebe Freunde und Gönner unseres Vereins! Wie wir alle wissen, wäre dieses wunderschöne Fest, das Alteingesessene und Zugereiste auf das fröhlichste verbindet, nicht möglich, wenn unser Schützenkamerad und Ehrenvorsitzender Paul Stricker nicht wieder – wie jedes Jahr – mit einer hochherzigen Spende geholfen hätte.»

Noch bevor das Publikum applaudieren konnte, rief einer aus ihrer Mitte. «No ja, es trifft ja keinen Armen!» Gelächter mischte sich in den Beifall. Stricker nahm's gelassen. Er winkte dem Zwischenrufer zu und drohte ihm dann lachend mit dem Zeigefinger.

«Ich darf nun unseren Kameraden Paul Stricker ans Dirigentenpult bitten.»

Auch das entsprach dem alljährlichen Ritual. Während Stricker elastisch die Stufen zur Bühne hinaufsprang, flüsterte Hannelore Bienzle zu: «Ich denke, er ist so unmusikalisch.»

«Stimmt, von Musik versteht er so viel wie d' Sau vom Krebsle.»

«Wie was?»

«Wie das Schwein vom Klettern», erklärte der Kommissar. «Im übrigen: Die spielen sowieso, was sie wollen.»

Cordula war inzwischen neben Dreher gerutscht und flüsterte ihm zu: «Joachim, ich muß mit irgendwem reden. Bitte! Ich schaff das nicht allein!»

Dreher legte mit einer besitzergreifenden Geste seinen Arm um Cordulas Schultern. «Was regt dich denn so schrecklich auf, meine Kleine?»

Auf der Bühne verständigte sich Stricker mit den Musikern.

«Also gestern nachmittag ruft mich die Wibke an», tuschelte Cordula, «ob ich sie einen Abend vertreten könnte. Ich wollte erst nicht – du weißt ja, ich will überhaupt nicht mehr. Aber sie erzählt mir irgendwas von einem neuen, ganz tollen Typen, den sie kennengelernt hat und den sie unbedingt treffen muß, weil der nur gestern abend in der Stadt war. Große Liebe, einmalige Chance...»

Stricker hob den Taktstock und ließ ihn niedersausen. Die Kapelle begann zu spielen, lief aber schon nach zwei Takten klanglich und rhythmisch in alle Richtungen auseinander. Dreher lachte laut auf. Cordula unterbrach sich. Stricker trat ans Mikrophon. «Also gut, ich geb eine Runde Bier aus.»

Das Publikum hatte es nicht anders erwartet, reagierte aber dennoch mit zustimmendem Gejohle.

«Hörst du mir überhaupt zu?» zischte Cordula.

«Ja, ja sicher. Wibke hat einen neuen Lover. Das wollen wir ihr doch gönnen, oder?»

Die Musik setzte wieder ein. Diesmal spielten die Bläser erst nach dem fünften Takt falsch. Stricker trat erneut ans Mikrophon und verkündete, daß jeder Musiker zu dem Bier auch noch ein Stück gegrillten Schweinehals bekomme.

«Aus der eigenen Produktion, was Stricker?» rief einer zur Bühne hinauf.

«Ja, wenn ich's kaufen müßt, wär's mir echt zu teuer», gab Stricker launig zurück. «Und die Qualität wär ja dann auch nicht so gut.»

Das gefiel den Leuten. Sie klatschten Beifall.

Cordula zerrte an Drehers Ärmel. «Menschenskind, mir ist das sauwichtig, Joachim.»

Der Rechtsanwalt reagierte genervt. «Ja, was denn noch?»

«Ich bin tatsächlich hingegangen...»

«Ja», höhnte Dreher, «was auch sonst! Du hast Wibke vertreten, und dann ist dein Alter aufgetaucht. Da, dort droben», er deutete mit dem ausgestreckten Arm auf Paul Stricker, «dieser Oberspießer. Und begegnet dir als Domina. Ich hoffe nur, du hast es ihm ordentlich gegeben.»

Der Mann an der Pauke schlug zum Abschluß des einfachen Marsches, den der Dirigent selbst komponiert hatte, auf das Trommelfell seines Instruments, daß sich die Zeltwände zu blähen schienen. Cordula starrte Dreher mit weit aufgerissenen Augen an. «Reg dich nicht auf», fuhr Dreher ungerührt fort. «Was ist denn schon dabei? Es bleibt doch in der Familie, oder hast du gedacht, ausgerechnet der wäre was Besonderes?»

Cordula schlug die Hände vors Gesicht.

«Und fang jetzt bloß nicht an zu heulen», herrschte Dreher sie an. «Das sieht doch jeder.» Damit stand er auf und zwängte sich hinter den anderen vorbei Richtung Zeltausgang. Bossle hielt ihn kurz am Arm fest. «Daß Sie sich über eins im klaren sind, Herr Dr. Dreher, mit uns machen Sie keine Ihrer Spielchen.» Das klang, obwohl es sich eigentlich ganz harmlos anhörte, so gefährlich, daß Dreher unwillkürlich eine Gänsehaut bekam.

Stricker beendete seine Vorstellung, winkte dem Publikum noch einmal zu und verließ fluchtartig die Bühne. Als er den Tisch erreichte, sah er, daß seine Tochter von einem Weinkrampf geschüttelt wurde. Die anderen am Tisch sahen sie ratlos an. Stricker faßte Cordula an beiden Schultern. «Kind, was ist denn . . . ?»

Cordula fuhr auf. «Faß mich nicht an!» schrie sie, daß jeder im Zelt es hören konnte, und lief hinaus. Am Eingang hätte sie beinahe Gächter über den Haufen gerannt, der die Zeltwand zur Seite hielt und mit gerecktem Hals nach seinem Kollegen Bienzle Ausschau hielt.

Bienzle hatte die Ereignisse um Cordula und Dreher genau beobachtet, während Hannelore nur Blicke für das Fest hatte. «Ich glaube, ich bin die einzige, aber mir macht das Spaß», sagte sie gerade, als Gächter an den Tisch trat. Bienzle sah auf und traute seinen Augen nicht. «Ja, wo kommst jetzt auch du her?»

«Direkt aus der Landeshauptstadt.»

«Leider ist der Rehbraten alle», sagte Hannelore.

«Vielleicht mußte er dringend weg», gab Gächter grinsend zurück.

«Warum denn das?»

«Seuchenfleisch vielleicht!»

«Hör auf», fuhr Bienzle ihn an.

Gächter beugte sich weit vor, um sicher zu sein, daß nur Hannelore und Bienzle ihn hören konnten: «Das veterinärwissenschaftliche Institut der Universität Hohenheim in Gestalt des Herrn Professor Weißpflog hat seine Untersuchungsergebnisse abgeliefert. Die alten Stempel wurden beseitigt, konnten aber teilweise wieder sichtbar gemacht werden. Es handelt sich um Fleisch aus dem Schlachthof in Backnang, von dem auch Stricker seine Ware bezieht.»

«Und die neuen Stempel?»

«Stammen aus Ungarn, aber das war ja eh klar. Viel interessanter ist, auf wen die Kühltransporter zugelassen sind, mit denen das Fleisch transportiert wurde.»

Unwillkürlich schaute Bienzle zu Stricker hinüber. «Ist er das?» fragte Gächter.

«Wer?»

«Der Herr Stricker?»

«Stricker also?» Bienzle starrte Gächter an, als ob er ihm an die Gurgel gehen wollte. Gächter griff gleichmütig in die Jakkentasche und brachte einen Flachmann hervor. «Da, vielleicht hilft das.» Er schob Bienzle das Schnapsfläschchen zu.

«Gegen was?» raunzte Bienzle.

«Gegen das Essen, das dir jetzt womöglich wieder hochkommt.»

Als sie das Zelt verließen, sagte Bienzle zu Gächter: «Und das alles machst du, obwohl du suspendiert bist?»

«Das wissen ja die in Hohenheim nicht.»

«Na ja, sagte Bienzle, «wir zwei würden schon besser dastehen, wenn wir den Fall vollends lösen könnten.»

Bossle und Hilbert fuhren nicht mit dem Bus zurück, sondern gingen zu Fuß. «Ich weiß nicht, ob man die Sache diesem Fahlbusch überlassen kann», sagte der Staatssekretär.

«Ich hab da inzwischen auch so meine Bedenken.» Bossle blieb stehen und ließ die Landschaft auf sich wirken. «Ist das nicht schön hier? Man kommt viel zuwenig raus in Gottes freie Natur, finden Sie nicht auch?»

«Irgendwer hat einmal gesagt: ‹Natur ist eine Marotte reicher Leute.›»

Bossle mußte unwillkürlich lachen, und Hilbert fühlte sich dadurch ganz schön geschmeichelt.

Nach und nach tröpfelten die Gäste wieder ein. Frau Stricker und ihre Helfer hatten die Folgen des Mittagsmahls beseitigt, neue weiße Tischdecken aufgelegt und eine Kaffeetafel bereitet. Vom einfachen Streuselkuchen bis zur Sachertorte war alles vorhanden, was sich ein Kuchenliebhaber nur wünschen konnte.

Die Gäste fielen darüber her, als ob sie den ganzen Tag noch nichts zu essen bekommen hätten. Nur Dreher wehrte sich standhaft gegen alle Angebote der Bedienungen. Er suchte Bienzle mit den Augen, und als der Kommissar den Raum betrat, ging er direkt auf ihn zu.

«Sie sind doch meinetwegen hier, geben Sie's zu!»

«Und wenn's so wäre?»

«Hat man denn nicht einmal an solchen Tagen und bei solchen Gelegenheiten seine Ruhe vor Ihnen?»

«Sie sind ja richtig nervös, Herr Dr. Dreher. Könnte das daran liegen, daß ich nicht der einzige bin, der Sie nicht in Ruhe läßt?»

«Ach, Sie können mich doch mal...» Dreher wandte sich ab, goß sich selber einen Cognac ein und schüttete ihn in einem Zug hinunter. Bienzle registrierte genau, daß nicht nur er den Rechtsanwalt dabei beobachtete, sondern auch der Ministerialdirektor Bossle. Er wollte Fahlbusch zu sich zitieren, aber der war in ein Gespräch mit dem SPD-Abgeordneten Gensmer verwickelt. «Da weiß man ja nicht, ist es Mut oder Dreistigkeit», sagte Gensmer gerade.

«Was denn?»

«Wie Sie hier alle freundschaftlich beieinander sind – nach all den Affären, die Sie hinter sich haben.»

Fahlbusch lächelte. «Ganz recht, die haben wir hinter uns, Herr Kollege.»

«Es gibt da aber immerhin eine parlamentarische Anfrage der Grünen...»

«Bei Ihnen hat's ja wohl nicht dazu gelangt!»

«Warum sollen nicht auch mal andere was Vernünftiges zuwege bringen? Jedenfalls heißt es dort eindeutig, daß der Herr

Stricker jedesmal vorinformiert gewesen sei, wenn der Wirtschaftskontrolldienst bei ihm erschienen ist.»

«Wenn's die Grünen beweisen können...» Endlich hatte Fahlbusch bemerkt, daß ihn Bossle offensichtlich dringend sprechen wollte. Er verabschiedete sich mit einer Floskel von Gensmer, der dies prompt als den Sieg der besseren Argumente deutete.

«Was macht eigentlich dieser Kriminalkommissar hier?» wollte Bossle wissen.

«Ich glaube, er ist mit Stricker in die Schule gegangen.»

«Und warum war er dann letztes Jahr nicht da?»

Fahlbusch hatte nicht die Absicht, sich weiter von Bossle schuriegeln zu lassen, zumal er gerade erst wieder einmal auf das glänzendste bewiesen hatte, wie man mit einem Abgeordneten der Opposition fertig wurde, ohne ihn zu verletzen, was angesichts der schwindenden Mehrheiten für seine Partei langsam zur bitteren Notwendigkeit wurde. «Fragen Sie ihn», konterte Fahlbusch und war auch mit dieser Antwort gar nicht unzufrieden.

Bossle war nicht sonderlich beeindruckt. «Hinter dem Haus ist eine Kegelbahn. Dort bestellen Sie Dreher in einer halben Stunde hin. Hilbert und ich werden wohl doch besser dabeisein.»

Fahlbusch kam nicht mehr dazu, darauf zu antworten; denn in diesem Moment trat Ingrid Stricker zu ihnen und goß die Kaffeetassen noch einmal voll. Als sie dann zu Hannelore Schmiedinger weiterging, die ein wenig verlassen auf einem Hocker saß, merkte sie, daß die Kanne leer war. «Das tut mir leid, ich werde gleich frischen machen.»

«Kann ich Ihnen irgendwie helfen?» fragte Hannelore.

«Nein, lassen Sie nur. Das ist wirklich nicht nötig. Manchmal ist es besser, wenn man was zu tun hat. Das lenkt ab.»

Hannelore stand auf und nahm Frau Stricker die Kanne aus der Hand. «Das ist nicht *Ihr* Fest, gell?»

«Nein, bestimmt nicht?» Sie schaute sich unter ihren Gästen um. «Früher war das anders, heute kenne ich die Leute noch nicht einmal mehr alle. Und ich weiß eigentlich auch gar nicht, was hier so alles passiert!»

Hannelore sah Frau Stricker forschend an. «Was bedrückt Sie denn so?»

Bevor Ingrid Stricker antworten konnte, kam ihr Mann hinzu und nahm sie beiseite. Hannelore hörte trotzdem, wie er aufgeregt fragte: «Weißt du, wo die Cordula ist?»

«Nein, ich hab sie seit einer Stunde nicht gesehen. Ist irgendwas?»

«Nein, nein, laß nur. Schon gut!» Stricker nahm von einem Tablett, das eines der jungen Mädchen vorbeitrug, ein Schnapsglas und leerte es in einem Zug. «Paul», mahnte seine Frau, «du weißt genau, du verträgst das nicht!»

«Ach was!» Stricker winkte geringschätzig ab und ging wieder zu den Gästen, die dem Alkohol immer kräftiger zusprachen. Ingrid Stricker trat wieder zu Hannelore. «Wir machen uns solche Sorgen um unsere Tochter», erklärte sie, «seitdem Sie mit dem Dr. Dreher zusammen ist, hat sie sich völlig verändert.» Ingrid Stricker wußte selbst nicht, warum sie ausgerechnet zu dieser Frau so offen sprach, die sie doch erst vor ein paar Stunden kennengelernt hatte.

«Ich finde Ihre Tochter unheimlich nett», antwortete Hannelore.

«Natürlich ist sie nett, aber sie... sie... ich weiß nicht, wie ich sagen soll, sie neigt so... sie ist manchmal so explosiv. Sie kann sich völlig vergessen. Und dann macht sie eben auch Dinge, die sie nie wiedergutmachen kann.»

Hannelore sah Frau Stricker in die Augen. «Aber Sie verstehen sie doch!»

Frau Stricker nickte. «O ja, ich hätte ja auch gerne anders gelebt, wenn auch nicht gerade so wie Cordula.» Damit verschwand sie in der Küche.

Hannelore schaute sich suchend nach Bienzle um, aber den hatte Hilbert gerade in ein Gespräch verwickelt. «Sie ermitteln gegen Dr. Dreher?»

«Wie kommen Sie darauf?»

«Ich hab so was gehört.»

«Finde ich interessant», sagte Bienzle mit leichtem Lächeln, «daß Sie sich dafür interessieren, Herr Staatssekretär.»

«Nun, ich erkläre Ihnen das gerne, Herr Hauptkommissar. In bestimmten Bereichen – nehmen Sie mal das EG-Recht – lassen wir uns gelegentlich von Dr. Dreher beraten. Wenn er Dreck am Stecken hat, sollten wir das wissen.»

«Sollten Sie?»

«Und Ihre Aufgabe als Beamter dieses Landes müßte es sein, uns davon zu unterrichten.»

«Auf dem Dienstweg», sagte Bienzle.

«Na ja, jetzt wo wir uns hier bei Ihrem Schulfreund ... ich meine, manchmal sind persönliche Kontakte wichtiger und effektiver als der Dienstweg.»

«O ja, das glaube ich!»

Der Staatssekretär hatte kein Ohr für Bienzles Ironie. «Also, hat er oder hat er nicht?»

«Was?»

«Dreck am Stecken!»

«Ich sag mal: mehr als Sie für möglich halten.»

«Genauer?»

«Ach, wissen Sie, Dreher ist ein Spieler, so einer verliert und gewinnt. Dreher hat in letzter Zeit viel verloren. Also verlassen... – verlassen sollte man sich auf so jemanden nicht.»

«Interessant! Ich verstehe Sie doch richtig, er spielt in Spielbanken und so?»

«Baden-Baden, Konstanz, Bad Wiessee, Bad Neuenahr, aber auch in der einen oder anderen illegalen Spielhölle im Stuttgarter Rotlichtviertel.»

«Wir hätten schon früher einmal miteinander reden sollen», sagte Hilbert.

Bienzle lächelte. «Letzte Woche noch war ich in Ihrem Ministerium. Zum elftenmal übrigens. Und zum elftenmal hat man mir die Einsicht in gewisse Akten verweigert.»

Hilbert erwiderte Bienzles Lächeln. «Ein zwölftes Mal wird das nicht passieren. Ich verspreche es Ihnen.»

«Ich hab mir vorgenommen, nicht mehr darum nachzusuchen», antwortete Bienzle.

«So? Und warum nicht?»

«Weil ich jetzt auch anders weiterkomme.»

Hilbert sah den Kommissar an. «Das sollte unsereinem eigentlich nicht passieren!»

«Was denn?» wollte Bienzle wissen.

«Daß man einen wie Sie so unterschätzt!»

«Ach, ich glaube, das macht nichts», sagte Bienzle, «Ihnen und Ihresgleichen komme ich so und so nicht bei.» Er ließ Hilbert, der schon den Mund geöffnet hatte, um heftig gegen Ton und Formulierung zu protestieren, stehen und ging zu Hannelore. «Du treibst dich ja ganz schön im Establishment herum», empfing sie ihn.

«Wenn das Ganze nicht so wichtig wär, würd ich mich jetzt besaufen», sagte Bienzle.

«Kommt nicht in Frage, du hast mir für diese Nacht etwas versprochen.»

Bienzle sah Hannelore bittend an. «Morgen ist auch noch ein Tag!»

Am anderen Ende des Raumes hatte sich eine Gruppe um den katholischen Pfarrer des Ortes versammelt, der, wie immer, wenn er etwas getrunken hatte, einen Witz zum besten gab: «Streiten sich ein evangelischer und katholischer Pfarrer, wann das Leben nun wirklich beginnt. Sagt mein Amtsbruder, ‹Das ist doch gar keine Frage: Immer dann, wenn sich zwei Menschen liebend vereinigen, wird ein neues Leben geschaffen, denn nach der Maßgabe des Heiligen Vaters gibt es gar keinen anderen Grund für den Geschlechtsakt.› Damit war aber unser evangelischer Kollege nicht einverstanden. ‹Wenn eine Samenzelle in eine Eizelle eindringt›, sagte er, ‹erst dann beginnt das Leben.› Kommt ein jüdischer Rebbe vorbei, schaut die beiden Christen an, schüttelt mitleidig den Kopf und sagt: ‹Sie wissen aber auch gar nichts: Wenn die Kinder aus dem Haus sind und der Hund tot ist, dann, meine Herren, dann beginnt das Leben.›»

Dankbar nahm er den Applaus und das dröhnende Gelächter seiner Zuhörer entgegen.

SAMSTAG

20 Uhr bis Mitternacht

Paul Stricker war in den ersten Stock hinaufgestiegen. Der Alkohol wärmte seinen Körper von innen, hatte aber auch ein seltsames Geräusch in seinen Ohren ausgelöst – ein Summen, das er nicht kannte. Stricker hatte das Gefühl, von der übrigen Welt wie durch einen Paravent aus Pergament getrennt zu sein. Er schwankte ein wenig, als er die letzten Stufen nahm, und registrierte genau, daß er schwankte. Stricker versuchte, sich zur Ordnung zu rufen. Er drückte das Kreuz durch und straffte die Schultern. Er versuchte, die große chinesische Vase am Ende des Korridors mit den Augen zu fixieren, und gab es schließlich auf, weil sie nicht zur Ruhe kam.

Als er vor Cordulas Tür stand, sah er mit einem Mal wieder klar. Das Geräusch in seinen Ohren war verstummt. Er stand wieder sicher auf den Beinen.

Bienzle war ihm gefolgt und beobachtete ihn vom Treppenabsatz aus. Leise klopfte Stricker an Cordulas Tür. Er rief nach ihr. In Bienzles Ohren klang es bittend, flehend, verzweifelt. Erst als Stricker sehr lange keine Antwort bekam, wendete er sich ab. Mit schleppenden Schritten ging er zum Badezimmer.

Als Bienzle den großen, mit Marmor ausgeschlagenen Raum betrat, stand Stricker vor einem der Waschbecken und warf sich mit beiden Händen kaltes Wasser ins Gesicht. Bienzle stellte sich vor das zweite Waschbecken und wusch sich die Hände. «Schönes Fest», sagte er so beiläufig wie möglich.

«Du warst die letzten Jahre nicht dabei», sagte Stricker. «Genaugenommen ist das heut nur noch ein müder Abklatsch von früher. Die Dinge ändern sich. Die Menschen auch. Leider!»

Bienzle antwortete nicht darauf, nach einer Weile sagte er: «Kennst du einen Kurt Holtmann?»

«Wer soll das sein?»

«Ein Kraftfahrer. Vorletzte Nacht hat er einen Laster g'fahren, der auf dich zug'lassen war, mit Rinderhälften, die aus Ungarn kamen, ursprünglich aber aus Deutschland gestammt haben – genaugenommen vom Schlachthof in Backnang drüben.»

Stricker hatte immer weiter seine Hände gewaschen, intensiver als zuvor, und seine Bewegungen wurden auch jetzt noch immer heftiger. «Ich verleih meine Kühllastwagen, wenn ich sie nicht grad selber im Einsatz hab», stieß er hervor.

«Und vorgestern?»

«Da müßt ich wissen, welcher Wagen es war. Wir haben 24 Stück!»

Bienzle trocknete seine Hände ab. «Verleihst du auch Lastwagen an den Dreher?»

«Da müßt ich den Chef meines Fuhrparks fragen. Demnächst fragst mich noch, wie viele Büroklammern die Sekretärinnen in unserer Vertriebsabteilung verbrauchen.»

Bienzle grinste. «Ja, weißt du das etwa nicht?»

Aber Stricker konnte auf Bienzles Scherz nicht eingehen. Er wusch immer weiter seine Hände. «Fleisch-Import-Export!» Er spuckte die Wörter förmlich aus. «Ich hab weiß Gott andere Sorgen.»

«Nämlich?»

«Du hast keine Kinder, Ernst!»

«Nein, und so wie's aussieht, wird das auch nix mehr!»

Endlich hörte Stricker auf, seine Hände zu waschen. «Du weißt ja, wie's heißt: Kleine Kinder, kleine Sorgen, große Kinder, große Sorgen.»

Er wollte hinaus. Bienzle verstellte ihm den Weg. «Paul, wenn du über dem Dreher seine krummen Geschäfte was weißt, solltest du's mir sagen, selbst wenn du selber reinverwickelt sein solltest.»

Für einen Augenblick legte Stricker seine Hand auf Bienzles Schulter. «Weißt was, Ernst, wenn man sich mal etwas erworben hat, vor allem, wenn man sich's so schwer erworben hat wie ich, gibt man's so leicht nicht wieder her.» Er wollte hinaus.

«Der Kurt Holtmann wurde erschossen. Leider von einem meiner Männer.»

«Ich hab so was gehört!»

«Ich war bei seiner Mutter, droben in Grab, und weißt du, was die gesagt hat?» Stricker sah ihn nur fragend an. «Sie hat g'sagt», fuhr Bienzle fort, «‹er hat das Glück g'habt, beim Stricker arbeiten zu dürfen.› Und dann hat sie noch g'sagt: ‹Er ist so ein feiner Mensch, der Herr Stricker.›» Bienzles Schulfreund versuchte ein Lächeln. «Na ja, wenn einen jemand nicht kennt.» Damit verließ er das Bad.

In der Wohnhallte hatten ein paar Gäste zu tanzen begonnen. Frau Wagner hatte ihr Kleid bis zum Gürtel geöffnet, um atmen und sich bewegen zu können. Die Männer sahen's mit Lust, und einer nach dem anderen holte sie zum Tanz. Frau Wagner trug unter dem Kleid Wäsche, die sie sich von einem Versandhaus schicken ließ. Ihr Mann war um diese Zeit schon viel zu betrunken, um noch etwas gegen den Auftritt seiner Gattin unternehmen zu können. Zwar versuchte er immer mal wieder, sich aus dem tiefen Sessel, in dem er saß, herauszustemmen, fiel aber jedesmal mit einem resignierenden Seufzer zurück. Dabei war es erst halb neun Uhr. Auch Bossles Intervention änderte nichts an Wagners Lethargie. «Mann», fuhr der Ministerialdirektor den Bürgermeister an, «morgen zerreißt sich ganz Weisangen das Maul über Sie!» Frau Wagner sang jetzt laut beim Tanzen die Schlager mit, die ein eifriger Discjockey auf der teuren Stereoanlage Strickers abnudelte.

«Ich sag Ihnen was», lallte Wagner, «schickt Ihr mir aus Stuttgart weniger Asylante, die ich unterbringe muß, dann werd ich g'wählt – ganz egal, was mei Alte macht!»

Angewidert wendete sich der Ministerialdirektor ab. Es war ohnehin Zeit, Dreher zu treffen.

Die Kegelbahn war eine mit Parkett belegte Betonpiste, um die Stricker eine langgezogene Holzkonstruktion hatte bauen lassen. Das Gebäude glich der Umbauung einer alten Holzbrücke, wie man sie in Südbaden über den jungen Rhein gebaut hatte – eine überschlanke, langgezogene Baracke.

Dreher war vor den anderen gekommen. Er rauchte hektisch und ging mit kurzen Schritten auf und ab.

Bossle, Hilbert und Fahlbusch erschienen gemeinsam. Bossle eröffnete das Gespräch sofort mit einer klaren Forderung: «Sie bringen das in Ordnung, Herr Dr. Dreher, nehme ich an!»

Niemand fragte, was Bossle meinte, auch Dreher nicht. Er sagte nur: «Das ist alles ein bißchen komplexer, als Sie glauben.»

«Für mich war's vor allem peinlich, den Geldbetrag bei Herrn Stricker anzumahnen – und dabei hat er ihn längst bezahlt. Warum haben Sie das Geld nicht an uns weitergeleitet?»

«Längst? – Also längst ist ja ein bißchen übertrieben», versuchte sich Dreher zu verteidigen.

Fahlbusch, der nicht gewillt war, sich unterbuttern zu lassen, kläffte: «Unsere Gegenleistungen sind ja – sozusagen – auch längst schon erbracht.» Bossle sah den jungen Fraktionsvorsitzenden kopfschüttelnd an. Grundsätzlich redete man nicht darüber, welche «Gegenleistungen» wofür auch immer die Partei oder irgendwelche staatlichen Organe erbracht hatten. Prompt sagte Dreher: «Na ja, wie man's nimmt. Sie haben zwar unsere Subventionsgeschichten gedeckt, aber diesen Bienzle habe ich immer noch auf dem Hals.»

Bossle machte sich nicht die Mühe, abzustreiten, daß man

dem Anwalt versprochen hatte, Bienzle aus dem Verkehr zu ziehen. Statt dessen sagte er nur: «Zug um Zug, Herr Dr. Dreher.»

Dreher ließ seine Kippe fallen, trat sie aus. Er drückte auf einen Knopf am Rande der Kegelbahn. Die Anlage stellte am Ende der Bahn automatisch die neun Kegel auf. Der Anwalt steckte eine neue Zigarette zwischen die Lippen, zündete sie aber nicht an. Er nahm eine Kegelkugel, die das System ebenfalls automatisch über ein Band zuführte, nahm Anlauf und schob sie mit einiger Eleganz auf die Bahn. Alle neun Kegel fielen.

«Er ist ein Spieler», sagte Hilbert. «Mal trifft er alle Neune, mal schiebt er nur Hohle.»

Bossle sah überrascht zu dem Staatssekretär hinüber. Die Kegel am Ende der Bahn waren inzwischen schon wieder aufgestellt. Dreher schob die nächste Kugel. Sie trudelte von der Bahn und schoß in der rechten Rinne an den Kegeln vorbei, ohne auch nur einen zu berühren.

«Was ich sage», kommentierte Hilbert. «In Baden-Baden oder Konstanz war's wohl nicht anders.»

«Der Herr Stricker schuldet mir noch Honorare über einhundertsechzigtausend Mark», sagte Dreher.

Bossle klinkte sich wieder ein: «Also erstens kann ich mir das nicht vorstellen, und zweitens ist das Ihre Privatangelegenheit!»

Fahlbusch sah eine Chance, sich wieder ins Spiel zu bringen. «Stricker sagt, er habe in den letzten drei Monaten drei Schecks für Spenden ...»

«Zuwendungen», verbesserte ihn Bossle, «Spenden sind steuerlich absetzbar und in solcher Höhe auch gar nicht mehr möglich!»

«Nun gut, er hat diese Schecks jedenfalls ausgestellt. Auf Herrn Dreher, der ihm als der autorisierte Vermittler genannt worden war!» Das saß. Denn es war kein anderer als Bossle gewesen, der das Konstrukt mit Dreher als Mittelsmann ersonnen hatte. Fahlbusch legte nach: «Den letzten hat Herr Stricker noch gestern in Ihrer Kanzlei ausgestellt, Herr Dr. Dreher!»

Dreher nahm eine neue Kugel. «Das ist richtig!» Er reichte die Kugel mit einem auffordernden Blick an Hilbert weiter, der sie aber nur auf das Transportband zurücklegte. «Das ist richtig», sagte Dreher noch einmal, «andererseits, wie gesagt...»

«Ich denke, Sie wissen, was passiert, wenn wir Sie fallenlassen», sagte Bossle kalt. Fahlbusch stieß nach: «Sie reichen das Geld heute noch an uns weiter!»

«Heute noch?» Dreher brach der Schweiß aus.

«Tja, wir gehen dann mal», sagte Bossle und nahm Hilbert am Arm. «Herr Fahlbusch hat unser ganzes Vertrauen in dieser Angelegenheit.

Die beiden älteren Männer verließen die Kegelbahn. Dreher griff sich eine neue Kugel und schleuderte sie auf die Bahn. Sie riß alle Figuren außer dem König weg

«Ein Kranz, Respekt», sagte Fahlbusch.

Bossle kehrte noch einmal kurz zurück. Er hob den Zeigefinger. «Auch Sie, Herr Dr. Dreher, sollten nie vergessen: Wir tun das ja alles nicht für uns. Niemand von uns profitiert auch nur mit einer Mark – im Unterschied zu Ihnen. Wir sind uns unserer Verpflichtung der Gemeinschaft gegenüber jederzeit bewußt!»

Damit verließ er endgültig die Kegelbahn. Fahlbusch sah Dreher kumpelhaft an. «Er glaubt das wirklich», sagte er, «das ist noch eine andere Generation!» Nun nahm auch er eine Kegelkugel und schob sie auf die Bahn. Sie machte unter den Kegeln nicht viel Schaden. Fahlbusch deutete in die Richtung, in die Bossle und Hilbert gegangen waren. «Zwei harte Brocken. Vor allem der Bossle. Immer im Hintergrund, aber immer die richtigen Fäden in der Hand. Und persönlich absolut unkorrumpierbar. Der könnte Ihnen verdammt gefährlich werden, Herr Dr. Dreher.» Er nahm einen Zettel aus der Tasche und reichte ihn dem Anwalt. «Das wäre die Summe. Und bitte gleich.»

Dreher gab auf. Er zog sein Scheckheft heraus und trug die geforderte Summe ein. Als Fahlbusch den Scheck entgegennahm, sagte er: «Der Herr Bossle ist für Montag früh mit dem Hauptgeschäftsführer dieser Bank», er schwenkte den Scheck, «verabredet – da kann er ihn dann gleich einlösen.»

Auch Fahlbusch verließ die Kegelbahn. In ohnmächtiger Wut schleuderte Dreher eine Kugel die Bahn hinab. Sie säbelte alle Kegel um. Aber was nützte das, wenn da keiner mehr war, gegen den er spielen konnte.

Wütend verließ er die Kegelbahn. Am liebsten wäre er nach Hause gefahren, aber nun brauchte er das Geld von Stricker mehr denn je. Langsam ging er in den tiefen, parkähnlichen Garten hinein. Der Mond beleuchtete die Szenerie mit einem fahlen Licht. Dreher blieb überrascht stehen, als er die leisen Klänge eines Bandoneons hörte. Durch den Garten kam ihm ein Mann entgegen, der das Instrument vor seiner Brust spielte. Gerhard Stricker trug jetzt unter der Latzhose ein blütenweißes Hemd und auf dem Kopf einen Strohhut. «Guten Abend», sagte er freundlich, als er an Dreher vorbeikam.

Dreher grüßte zurück. «Kommen Sie zu dem Fest?»

«Ich wollte mal reinschauen.»

«Sind Sie zum Spielen engagiert?»

«Engagiert?» fragte der Mann in der Latzhose befremdet zurück.

«Na ja, bestellt eben.»

«Nein, ich komme nur so...» Der Mann mit dem Bandoneon ging leise spielend weiter.

In der Wohnhalle herrschte nun das, was man gemeinhin Stimmung nennt. Der Discjockey, dem man gesagt hatte, bei den Gästen handele es sich vornehmlich um Herrschaften zwischen fünfzig und siebzig, legte Platten wie «Marina» und «Delila» auf – Oldies aus den fünfziger und sechziger Jahren. Frau

Wagner tanzte inzwischen alleine. Sie hatte das Kleid vollends abgelegt, aber als sie die komplizierten Haken an ihrem Büstenhalter öffnen wollte, fiel sie aufs Parkett und jammerte: «Mir ist so schlecht!» Bevor sie sich übergeben konnte, schleppten sie Hannelore und Frau Stricker gerade noch rechtzeitig zur Toilette.

Ihr Mann schien derweil auf seltsame Weise wieder zu Kräften gekommen zu sein. In einer Ecke hatte er sich den soeben zurückgekehrten Staatssekretär Hilbert geschnappt. «Achtundsiebzig Prozent sind reine Wirtschaftsflüchtlinge, sag ich Ihnen. Meine Gemeinde kann jedenfalls keinen mehr davon aufnehmen.»

«Das sagt jeder», gab Hilbert kühl zurück.

Wagner erregte sich richtig: «Da muß endlich ein Riegel vorgeschoben werden. Wenn die einmal da sind, kriegt man sie nimmer los! Und mit der Sozialhilfe und den Wohnungen von uns – da lebet die doch zehnmal besser als bei sich daheim. Und bei uns lungern die doch den ganzen Tag bloß rum!»

«Überzeugen sie doch einen Kollegen, der Ihre Portion übernimmt», gab Hilbert zurück, wohl wissend, wie hinterhältig dieses Argument war. «Aber wenn Sie mich fragen: Laßt die Leute selbständig was machen. Die arbeiten doch gern. Und im übrigen: Das sind auch Menschen. Geschöpfe Gottes wie Sie und ich.»

Wagner unterdrückte einen Rülpser, was ihm aber nur halb gelang, ehe er sich auf schwäbische Art beschwerte: «Hano, hano!»

Hilbert hatte freilich längst den Ton wohlfeilen Pathos gefunden. «A bißle mehr Menschlichkeit dät ons alle gut anstehn.» Als er merkte, daß die anderen Gäste aufmerkten und zuzuhören begannen, steigerte er sich noch: «Wenn es uns nicht darum ginge, warum wären wir denn dann in der Politik? In der Wirtschaft könnte unsereiner doch das Dreifache verdienen! Aber wenn man was erreichen will, dann muß man in

Gottes Namen in den sauren Apfel beißen und Politiker werden.»

Bienzle war wieder zu Hannelore getreten und sagte leise: «Weißt, was das Blöde ist, er hat recht, aber er meint's nicht so!»

«Und wenn man in den sauren Apfel gebissen hat», tönte Hilbert weiter, «dann muß man auch Lösungen für solche Probleme wie Asyl und Blauhelme in Krisengebieten finden, net wahr? – mit Phantasie und Tatkraft, sag ich immer!»

Bossle war zu Bienzle und Hannelore getreten. «Guter Mann, dieser Hilbert!»

Bienzle sagte: «Des glaubet Sie doch selber net!»

Bossle lachte leise: «Noi, aber solang's alle andere glaubet, kann man's ja ruhig einmal sagen.»

«Aber ich muß mir doch diese Wahlreden nicht auch hier noch anhören.» Bienzle war richtig ein bißchen sauer.

Bossle lachte wie gehabt. «Das sehen Sie falsch, Herr Bienzle, der schwätzt net zum Fenster naus, der meint, er sei tatsächlich so!»

Bienzle sah Bossle überrascht an und sagte dann: «Jetzt weiß ich nicht, was schlimmer ist!»

«Denken Sie drüber nach», sagte Bossle und ließ sich von einem der Mädchen noch ein Mineralwasser geben. «Wahrscheinlich hat der den ganzen Abend noch nichts anderes getrunken», sagte Bienzle zu Hannelore.

«Willst du dir nicht ein Beispiel daran nehmen?»

«Noi, ganz gwieß net! Schon mein Vater hat immer g'sagt, ‹ich kann's Wasser schon in den Schuhen nicht leiden und noch viel weniger im Magen›», antwortete Bienzle mit großer Überzeugung.

Stricker kam vorbei. Auf Bienzle wirkte er desorientiert, fast abwesend. Er hielt ihn fest. «Sag amal, Paul, denkst du eigentlich auch noch manchmal dran, wie wir damals im Goldersbachtal gezeltet haben?»

«Direkt am Bach!»

Bienzle sah Hannelore strahlend an. «Er weiß es noch!»

«Ich weiß alles noch ganz genau», bestätigte Stricker und wandte sich erklärend an Hannelore. «Ich bin damals nicht besonders beliebt gewesen, müssen Sie wissen. Aber der Ernst hat darauf bestanden, daß ich hab mitfahren dürfen.»

«Es war eine Radtour», fühlte sich Bienzle nun bemüßigt zu erklären.

«Ich hab mir schon gedacht, daß ihr ins Goldersbachtal nicht mit dem Zeppelin geflogen seid», gab Hannelore zurück.

«Jedenfalls hab ich dir das nie vergessen, Bienzle», sagte Stricker. «Wenn wir mal wieder a bißle mehr Zeit haben, müsse mir gemeinsam in unsere alte Erinnerunge krame.» Bienzle nahm Stricker am Arm und führte ihn auf die Terrasse hinaus. Hier draußen war die Luft gut, und der Lärm drang nur noch gedämpft an ihre Ohren. «Du schmierst den Bossle, den Hilbert und den Fahlbusch?»

«Eine Hand wäscht die ander, das weißt du doch!»

Bienzle war perplex. Eine derart direkte Antwort hatte er nicht erwartet.

«Für Geld kriegst du viel – fast alles», fuhr Stricker fort, hielt aber dann plötzlich nachdenklich inne.

«Ja?» Bienzle ließ den alten Freund nicht aus den Augen.

Stricker winkte resignierend ab. «Man kann halt nichts ungeschehen machen, auch nicht mit noch soviel Geld!»

«Und? Was wär das, was du ungeschehen machen möchtest?»

«Frag mich nicht aus, Bienzle!»

«Deine Tochter und der Dreher?»

«Wenn's das bloß wär. Aber auch das muß ein Ende haben!»

«Du steckst tief im Dreck, Paule!»

Stricker zwang sich zu einem Lächeln. «Du weißt gar nicht, wie tief, Ernst!»

Plötzlich hielt er inne. Man hörte aus dem Garten die Klänge des Bandoneons. «Der hat mir grad noch g'fehlt», stöhnte Paul Stricker auf.

«Der Jerry», sagte Bienzle.

«Hast ihn also auch erkannt. Letztes Jahr hat er meinen Gästen eine Predigt über ein vernünftiges und moralisches Leben in dieser verkommenen Zeit gehalten... – aber hallo!» Paul Stricker mußte in der Erinnerung daran laut auflachen. «Der Höhepunkt des Festes, sag ich dir. Davon wird man noch Jahre sprechen.»

«Wahrscheinlich hat er ja gar nicht so unrecht gehabt.»

«Er ist nicht normal», sagte Paul Stricker leise.

«Wer will in dieser Zeit schon entscheiden, was normal ist und was nicht», gab Bienzle zurück.

Paul Stricker sah am Haus hinauf. Direkt über ihren Köpfen öffnete sich ein Fenster. Cordulas Kopf erschien wie ein Scherenschnitt vor dem milden Licht der Zimmerlampe. Sie hatte offensichtlich die Klänge des Bandoneons auch gehört.

Stricker stöhnte auf. Bienzle beobachtete ihn genau.

«Was ist denn so schwierig?» fragte Bienzle.

«Ich kann nicht drüber reden, Ernst. Unmöglich!»

Das Fenster über ihnen schloß sich wieder. Paul Stricker zeigte nach oben. «Sie hat's immer besonders gut mit ihm gekonnt.»

«Die Cordula?»

«Ja. Kinder und Narren, net wahr!» Dann ruckte er in den Schultern. «Ich muß mich um meine Gäste kümmern!» Er ließ Bienzle stehen und ging rasch ins Haus hinein. Bienzle verließ die Terrasse und suchte Gerhard Stricker. Auch der sah zu Cordulas Fenster hinauf. «Am schlimmsten ist es immer für die Opfer», sagte er und spielte einen dissonanten Akkord.

«Ab einem gewissen Alter ist man für sein Leben selbst verantwortlich», gab Bienzle zurück.

«Ja, das hab ich auch immer gedacht, aber manchmal hätt ich

viel für den Rat eines praktischen Menschen gegeben, wie du einer bist, Ernst.»

«Meinst, du hättest ihn auch befolgt?»

«Das glaub ich weniger.» Jerry mußte unwillkürlich lachen. Er spielte jetzt einen Musettewalzer an, brach aber gleich darauf wieder mit einer Dissonanz ab. «Man muß auf sie aufpassen. Man muß unbedingt auf sie aufpassen.»

«Ja, das denk ich allerdings auch», sagte Bienzle und klopfte Jerry auf den Arm. Keiner der beiden bemerkte, daß Dreher ihr kleines Gespräch belauschte. «Du kannst meine Aufschriebe haben, Ernst», sagte Jerry.

«Aufschriebe?»

«Na ja, ich hab tatsächlich alles genau notiert, was ich durchs Fernglas beobachtet hab. Genau wie du vermutet hast. Vielleicht hilft's dir ja was.»

Als Bienzle in die Wohnhalle zurückkehrte, hatte ein Regierungsrat aus dem Wirtschaftsministerium dem Discjockey erfolgreich eine Pause eingeredet und sich selber ans Klavier gesetzt. Gewaltig haute er in die Tasten. «Wir lagen vor Madagaskar» und nahtlos ging er danach zu «Schwarzbraun ist die Haselnuß», über. Ein paar der Gäste grölten mit. Andere protestierten.

Bienzle ging zu dem Klavierspieler, setzte sich neben ihn auf den breiten Hocker und fragte freundlich: «Darf ich auch mal?» Der Regierungsrat dachte nicht daran, das Feld zu räumen, schließlich hatte er selten genug Gelegenheit, auf all die höheren Chargen, die hier versammelt waren, Eindruck zu machen. Er mochte kein besonders guter Jurist sein, aber als Klavierspieler, so dachte er, nahm er's mit jedem auf.

Bienzle entschloß sich, anders vorzugehen. Jedes Stück, das der Regierungsrat begann, kommentierte er sozuagen mit der rechten Hand – ganz oben in der fünften Oktave. Als der Klavierspieler «Siebzehn Mann und ein Befehl» intonierte, spielte Bienzle oben dazu: «Mariechen saß weinend im Garten», und zwar so, daß es durchaus wie eine Arabeske dazu paßte. Als der Klavierspieler das alte Südwesterlied «Wie oft sind wir geschritten, auf schmalem Negerpfad...», anfing, tirilierte Bienzle: «Bunt sind schon die Wälder, gelb die Stoppelfelder, und der Herbst beginnt...» Jene Gäste, die noch nüchtern waren, hatten bald ihren Spaß daran. Und der Regierungsrat war sportlich genug, sich auf den Wettkampf einzulassen. Er hatte mehr drauf, viel mehr sogar. Zum Beispiel: «Es zittern die morschen Knochen«, wozu er lauthals sang: «Es zittern dem Schorsch die Knochen.» Als Bienzle dazu die Klavierstimme aus dem Forellenquintett spielte, gab der Regierungsrat auf. Bienzle rückte in die Mitte des Klavierhockers und begann ein Stück von Dollar Brand zu spielen: «The Wedding». Plötzlich hörten selbst die Besoffenen zu. Nur Bürgermeister Wagner brüllte: «Was isch'n das für eine Negermusik?»

Hannelore lehnte an der Tür zur Terrasse und sah Bienzle zu. Sie spürte das angenehme Kribbeln im Bauch, das immer dann auftrat, wenn sie ihn besonders mochte.

Dreher suchte den Hausherrn. Aber zuerst begegnete er dessen Frau. Ingrid Stricker stand in der Küche und bereitete frischen Kaffee, wohl wissend, daß die meisten Gäste längst anderen Getränken den Vorzug gaben.

«Schön, daß wir uns auch einmal unter vier Augen sprechen können», sagte Dreher und versuchte das Lächeln, mit dem er bislang noch immer Erfolg gehabt hatte.

«Das finde ich nicht», entgegnete Frau Stricker und wendete sich der brodelnden Kaffeemaschine zu, die für ihre Begriffe viel zu langsam arbeitete. Dreher trat dicht hinter sie. «Nun, irgendwann einmal wird uns beide ja ein verwandtschaftliches Verhältnis oder so etwas in der Art verbinden.»

«Das glaube ich nicht.»

«Ich schon.» Dreher legte seine Hände auf Ingrids Schulter. Sie erschauerte. Aber nach Hilfe zu rufen wäre ihr lächerlich vorgekommen. «Nehmen Sie Ihre Hände weg», sagte sie.

«Cordula hat ihre Schönheit von Ihnen», sagte Dreher. Er begann Ingrid Strickers Schultern zu kneten, dabei zog er die Frau dicht zu sich heran. Seltsamerweise tat ihr diese Massage gut. Sie hatte schon lange Schmerzen im Nacken und in den Schultern.

Drehers Hände packten kräftiger zu. Der oberste Knopf ihres Kleides sprang ab. Ingrid Stricker war wie gelähmt. Sie wollte sagen: «Lassen Sie das!» Aber sie brachte es nicht heraus. Sie spürte seinen Atem im Nacken dicht unter ihrem Haaransatz.

«Ich bin sicher, irgendwann werden auch Sie mich mögen», hörte sie ihn sagen. Die Erregung, die sie jetzt empfand, konnte sie sich nicht erklären. Sie spürte nur, daß sie keine Abwehr dagegen mobilisieren konnte. Deshalb hauchte sie jetzt nur. «Bitte nicht, bitte, bitte, lassen Sie das!» Als seine Hand in ihren Ausschnitt fuhr und kurz ihre rechte Brust erfaßte, registrierte sie mit absoluter Klarheit, wie sich ihre Brustwarze schmerzhaft aufstellte. Darüber erschrak sie zutiefst, doch sie konnte nichts dagegen tun. Nie war sie ihrer Tochter näher als in diesem Moment. Und dabei wußte sie genau, dieser Mann hatte nichts anderes im Sinn, als ihre Familie zu zerstören.

«Kann ich Ihnen vielleicht nicht doch etwas helfen?» Das war die Stimme von Hannelore Schmiedinger. Die Erlösung. Dreher ließ Ingrid Stricker sofort los. Er entfernte sich von ihr mit einem tänzerischen Schritt, drehte sich um sich selber und verließ die Küche. Ingrid Stricker mußte sich festhalten. «So einem Menschen bin ich noch nie begegnet», sagte sie. Dann erst nahm sie Hannelore richtig wahr. «Mein Gott, bin ich froh, daß Sie gekommen sind!»

«Ein widerlicher Kerl», sagte Hannelore.

«Ja, nicht nur daß Cordula sich ganz und gar von ihm beeinflussen läßt. Mein Mann läßt sich ja auch von ihm beraten. Machmal denke ich, es wäre das beste, die Koffer zu packen und einfach zu verschwinden.»

«So etwas kostet aber sehr viel Kraft», sagte Hannelore leise.

«Mehr als ich habe, leider!» antwortete Ingrid Stricker und schüttete den Kaffee in eine Thermoskanne um.

«Lassen Sie, ich mache das schon», sagte Hannelore schnell und nahm ihr die Kanne ab. «An dem, was da drin passiert, hätten Sie eh nicht viel Freude.»

Sie verließ die Küche. Frau Stricker sah ihr dankbar nach.

Dreher war langsam den Korridor hinuntergegangen. Er zündete sich eine Zigarette an. Paul Stricker kam aus dem Jagdzimmer. Dreher blieb stehen und warf einen Blick hinein. «Schöne Waffen haben Sie!»

«Die hat schon mein Vater gesammelt», hörte sich Stricker sagen.

«Herr Stricker, ich muß leider noch mal etwas Geschäftliches mit Ihnen besprechen», sagte Dreher so sachlich wie möglich.

«Ich nehm doch an, der Herr Bossle hat deutlich genug mit Ihnen gesprochen, Herr Rechtsanwalt!» Die beiden standen sich unbeweglich gegenüber.

«Ja, das ist erledigt. Die Herren haben ihr Geld. Wenn Sie jetzt bitte noch meine Rechnung begleichen wollen.»

Stricker fuhr auf: «Wissen Sie eigentlich, in wessen Haus Sie sich hier befinden?»

«Oh, das weiß ich sehr genau. Genauer, als Ihnen angenehm sein kann. Ich brauche das Geld. Dringend, verstehen Sie, dringend! Man versucht, mich in die Enge zu treiben. Aber dafür weiß ich zuviel. Auch über Sie! Und ich werde nicht zögern, von meinem Wissen Gebrauch zu machen.»

Strickers Stimme überschlug sich schier. «Reden Sie nur, reden Sie nur, aber ich rede mit keinem, der mir droht!»

«Überlegen Sie's sich. Jedenfalls: Wenn ich bis Mitternacht mein Geld nicht habe, platzt die Bombe.» Dreher machte auf dem Absatz kehrt und ging der Wohnhalle zu, wo noch immer Bienzles Klavierspiel zu hören war. Stricker stieg – zum wievielten Mal, wußte er selbst nicht mehr – die Treppe zu Cordulas Zimmer hinauf. Diesmal öffnete sie ihm. Sie trug Stiefel bis weit übers Knie hinauf. Dann nackte Haut bis zu den verdammten knappen Ledershorts. Auch über dem Bund der Shorts war sie nackt. Über die kleinen Brüste trug sie ein Bustier aus schwarzem, vielfach genietetem Leder. In der Hand hielt sie eine Peitsche.

«Cordula, ich muß mit dir reden», sagte Paul Stricker, noch ehe er sie anschaute. Als er sie in ihrem Domina-Kostüm wahrnahm, stockte ihm der Atem. Schweißperlen traten unvermittelt auf seine Stirn. Cordula ging zum Spiegel, um ihr Augen-Make-up aufzulegen.

«Was hast du vor?» schnappte Stricker «... du willst... du willst doch nicht etwa so nach unten gehen?»

Cordula wandte sich ihm mit einer lasziven Bewegung zu. «Und warum nicht? Gefallen dir etwa meine Klamotten nicht?»

«Cordula... bitte... das kannst du mir nicht antun. Du kannst so nicht da runtergehen. Ich verbiete es dir.»

«Und warum?»

«Weil...» Stricker versagte die Stimme.

«Weil es dir *zu* gut gefällt, nicht wahr?» Sie überprüfte ihr Make-up noch mal, griff nach der Peitsche und wollte den Raum verlassen. Stricker warf die Tür zu und stellte sich mit dem Rücken dagegen.

«Du bleibst hier. Ich verbiete dir, so da hinunterzugehen!»

«Du verbietest mir gar nichts mehr», sagte Cordula kalt. «Nie mehr!» Mit ein paar Schritten ging sie ins Zimmer zurück und wandte sich dann wieder ihrem Vater zu. «Du wolltest mit mir reden. Worüber? Über dein Geschäftsessen am Donnerstagabend? Oder soll ich dir von meiner Freundin erzählen. Iris heißt sie und spielt am liebsten die Zofe von Wibke oder Gräfin Wanda. Sie ist blond, hat üppige Brüste, viel üppigere als ich, einen vollen Mund, lange schlanke Hände, mit denen sie aber ungeheuer zupacken kann...»

«Hör auf!» Noch klang sein Ton bestimmt.

«Wenn sie mit diesen Händen die Peitsche packt – da ist vielleicht was los.» Cordula lachte ein kaltes Lachen.

«Bitte, Cordula...! Du sollst aufhören.»

«Aber warum denn? Hältst du's nicht mehr aus? Also jetzt erzähl ich dir, wie's Iris am liebsten macht. Sie zwingt ihre Kunden...»

Mit zwei, drei schnellen Schritten war Stricker bei seiner Tochter und packte sie am Arm. «Du sollst das lassen... – bitte!» Cordula blieb ganz ruhig stehen. Sie sah auf seine Hand und hob dann langsam den Blick, bis sie ihm direkt in die Augen schauen konnte. Langsam sagte sie: «Du wagst es noch, mich anzufassen?»

Stricker ließ seine Hand sinken. Die Peitsche fuhr mit einem scharfen Ton durch die Luft. «Auf die Knie!» befahl Cordula.

Paul Stricker begann leise zu winseln. «Cordula... bitte, du bist doch... du bist doch mein Kind. Bitte, laß uns doch darüber... es tut mir so leid... ich kann mir das nicht verzeihen, wirklich, es tut mir leid. Du mußt mir das glauben.»

Cordulas Stimme hatte einen metallischen Klang, als sie jetzt erneut befahl: «Auf die Knie!»

«Ich hab immer dagegen gekämpft. Das mußt du mir glauben. Ich wollte es nicht, aber es war stärker als ich...» Stricker brach in die Knie und krümmte sich am Boden. Cordula sah ihn ohne Mitleid an, machte einen Schritt über ihn hinweg und verließ das Zimmer.

Bienzle hatte sich in eine Art Rausch hineingespielt. Längst hatte er Dollar Brands vorgegebene Melodien verlassen und frei zu improvisieren begonnen. Plötzlich stand Cordula Stricker neben ihm. «Das gefällt mir», sagte sie.

«Hab ich vom Gunther Scheuthle», sagte Bienzle, hörte aber nicht auf zu spielen, «ein guter alter Freund. Der hat mich auf diese Musik gebracht. Was glauben Sie, wie lang ich geübt hab, bis ich das konnte.»

«Warum sagen Sie denn ‹Sie› zu mir, wenn Sie mich doch schon als Baby gekannt haben?»

«Na ja, die Dinge ändern sich», sagte Bienzle. «Aber wenn du auch ‹du› zu mir sagst...»

«Hilfst du mir?» fragte Cordula.

«Wenn du mir auch hilfst», antwortete Bienzle. Erst jetzt sah der Kommissar, in welcher Verkleidung Paul Strickers Tochter zurückgekommen war. «Also doch», sagte er, setzte einen Schlußakkord und klappte den Klavierdeckel zu.

Die Männer ringsum starrten Cordula an wie eine Erscheinung. «Scharf, ey», rief einer. «Haste so was schon mal gesehen?» ein anderer. «Die würd ich nicht von der Bettkante stoßen», grölte ein dritter und jaulte gleich danach auf, weil ihn seine Frau gegen das Schienbein getreten hatte.

Ein Beamter aus dem Landratsamt Rems-Murr in Waiblingen war auf den Tisch gestiegen und deklamierte laut:

«Im Wald, da steht ein Försterhaus,
die Förstrin ist allein zu Haus...»

«Aufhören!», schrien ein paar Frauen.

«Da klopft es leise an die Tür,
«Die Förstrin schiebt den Riegel für», deklamierte der Landratsamtsbeamte weiter.

«Musik!» verlangte eine junge Frau, die mit dem Geschäftsführer der Industrie- und Handelskammer gekommen war, inzwischen aber längst an Fahlbusch hing, der nach getaner Arbeit nun auch kräftig dem Alkohol zusprach.

Der Mann aus dem Landratsamt versuchte, seiner Stimme einen besonders melodramatischen Ton zu verleihen:

«Auf einer Bahre von schlichtem Holz,
trägt man den Sohn, der Mutter Stolz.
Und hinterher, da schleppen zwei,
den armen Vater noch herbei!»

Ein paar der Gäste verfielen in tremolierendes Heulen.

«Sie weinet nicht,
sie klaget nicht,
ihrer Brust entringt sich nur ein Schrei:»

Und nun vollendeten gut zehn grölende Männer das Werk:

«Jetzt sind sie schon wieder besoffen, die Säu!»

Beifall und Buhrufe mischten sich.

Bienzle und Cordula waren in eine Ecke gegangen und hatten sich auf ein Sofa gesetzt.

Die Gäste hatten sich in Gruppen und Paaren verteilt. Cordula deutete mit dem Kopf zu Fahlbusch und seiner neuen Errungenschaft hinüber. «Wenn sie erst einmal genug getrunken haben, trauen sie sich alles», sagte sie. Der Fraktionsvorsitzende saß in einem tiefen Sessel, die junge Frau auf seinem Schoß. Sie küßten sich, und Fahlbuschs Hand suchte sich einen Weg unter den Rock der Frau.

«Und da soll ich mich schämen!» sagte Cordula und nickte zu dem johlenden Männerhaufen hin. «Wer verlangt das denn?» fragte Bienzle.

«Ich selber vielleicht.»

«Ja, dann», Bienzle machte eine unbestimmte Geste.

«Ich hab immerhin als Domina gearbeitet.»

«Ich hab mir schon so was gedacht», sagte Bienzle freundlich.

«Und vorgestern abend hat der Dreher meinen Vater zu mir geschickt. Ich bin für eine Kollegin eingesprungen. Aber das hat er alles so arrangiert, das Schwein.» Es klang eigentlich ganz sachlich, wie sie das sagte, aber Bienzle spürte, wie ihm eine Eiseskälte über den Rücken kroch. «Schlimmer geht's nimmer», sagte er leise. «Was weißt du sonst noch über ihn?»

«Mehr als du brauchst», sagte Cordula. «Ich bin drei Jahre lang als Kurier für ihn unterwegs gewesen. Ein kleines Rädchen in seiner Geldwaschanlage. Manchmal waren es auch Warenbegleitpapiere für irgendwelche internationalen Transporte, die ich holen oder bringen mußte...» Ihre Stimme vibrierte vor Anspannung. Bienzle beobachtete sie voller Sorge.

«Du solltest mir das alles morgen in Ruhe erzählen», sagte er.

«Ja, mach ich. Und ich halte mit nichts zurück.» Ihr Blick ging hinüber zur Stirnseite des riesigen Wohnraums, wo Dreher nun ganz alleine saß, rauchte und zu ihnen herüberstarrte.

Jetzt stand er auf und durchquerte den Raum. Paare, die sich tanzend und knutschend über die Tanzfläche schoben, drückte er dabei rüde zur Seite. «Da», sagte Cordula, «so bahnt der sich immer seinen Weg!»

«Cordula, kann ich ein paar Takte mit dir reden?» fragte Dreher, als er die beiden erreichte. Und zu Bienzle. «Wenn Sie uns mal einen Moment alleine lassen könnten.»

«Das soll die Cordula entscheiden», sagte Bienzle.

«Der Herr Bienzle kann alles hören.»

Ministerialdirektor Bossle war ebenfalls aufgestanden und kam nun wie zufällig zu der kleinen Gruppe hinzu. Cordula lehnte sich gegen ihn, kaum daß er die drei erreicht hatte. «Herr Bossle, wollen Sie vielleicht tanzen? Das ist immer noch besser, als wenn Sie sich von Herrn Dreher wieder mal ein schmutziges Geschäft vorschlagen lassen.»

«Cordula, halt den Mund», herrschte Dreher sie an. «Du bist offensichtlich betrunken und redest nur noch dummes Zeug!»

Cordula ignorierte Dreher. «Der Ernst Bienzle glaubt nicht, daß ich betrunken bin.» Und wieder zu Bossle gewandt: «Wissen Sie, was ich grade mit dem Kommissar verabredet habe?» Sie lachte. «Da werden sich einige wundern.» Sie verwuschelte Bossles Haare. «Sie sind nett, tanzen wir?»

Dreher fuhr dazwischen: «Du bist unmöglich, Cordula. Bitte entschuldigen Sie, Herr Bossle...»

Bossle lachte. «Was gibt's denn da zu entschuldigen. Außerdem habe ich das Gefühl, die junge Dame kann sehr gut alleine verantworten, was sie tut. Es wird sowieso langsam Zeit, daß ich mich verabschiede. Ich hab morgen noch ein paar Termine. Da ich nun schon mal hier bin, werde ich auch noch den hiesigen Kreisverband unserer Partei besuchen. Gute Nacht, Fräulein Stricker. Herr Bienzle!»

Dreher würdigte er keines Blickes mehr. Der Anwalt folgte dem Ministerialdirektor ein paar Schritte. «Herr Bossle, ich darf Sie doch am Montag wegen eines Termins anrufen...?»

«Ich glaube nicht, daß ich in nächster Zeit einen Termin frei habe», gab Bossle kühl zurück. «Ich bin sehr viel unterwegs.»

Er ließ Dreher stehen und machte sich auf die Suche nach Hilbert. Bienzle holte sich noch ein Glas Wein. Dreher packte Cordula am Handgelenk und zischte: «Das wirst du bereuen!»

In der Tür erschien Gerhard Stricker. Er beobachtete die beiden und ließ Cordula von diesem Moment an nicht mehr aus den Augen.

Cordula sah Dreher mit einem Blick unendlicher Trauer an und sagte leise: «Ach, Joachim, womit willst du mir denn noch drohen? Du hast doch gar nichts mehr in der Hand, nachdem du meinen Vater zu mir geschickt hast. Du bist zu weit gegangen. Viel zu weit. Du hast alles zerstört. Und jetzt bring ich dich ins Gefängnis!»

Bevor Dreher darauf antworten konnten, war Bienzle wieder bei den beiden. Er sah noch, wie Cordula Dreher ihr Handgelenk entwand.

«Ich würde mir das an deiner Stelle noch mal sehr gut überlegen, Cordula», sagte Dreher, so viel Contenance wie möglich bewahrend.

In der Mitte des Raumes hatten ein paar Männer zu tanzen begonnen. Einige von ihnen ahmten die lasziven Bewegungen einer Stripteasetänzerin nach. Cordula sprang plötzlich mitten zwischen sie. Bienzle hatte noch versucht, sie am Arm festzuhalten, aber sein Griff ging ins Leere. Breitbeinig, die Füße weit ausgestellt, stand sie nun genau in der Mitte des Raums. Die Peitsche knallte. Die Männer ringsum hielten inne.

«Ja, wir gehen dann, es ist ja schon so spät», hörte Bienzle den Ministerialdirektor zu Staatssekretär Hilbert sagen.

«Ganz recht, gehen wir, ehe es *zu* spät ist», schloß sich Hilbert an. «Kommen Sie, Herr Fahlbusch?»

Aber der junge Fraktionschef konnte sich von seiner neuen Partnerin nicht lösen, die unter ihrem Kleid bereitwillig ihre Schenkel für seine Hand geöffnet hatte und dicht an seinem Ohr leise stöhnte. «Ich bleib noch ein bißchen», rief er, ohne sich nach den beiden honorigen Herren umzusehen.

«Sehe jeder, wie er's treibe», sagte Bossle... «Und der steht, daß er nicht falle», vollendete Hilbert. Die beiden verließen rasch das Haus. Auf der Schwelle begegneten sie Gächter, mit dessen Gesicht sie freilich nichts anzufangen wußten.

Gächter kam rasch zu Bienzle herüber. «Alles klar», sagte er, «wir haben die richterliche Durchsuchungsanordnung für Drehers Wohnung und für sein Büro.»

Bienzle legte den Arm um die Schultern seines Freundes. «Sauber!»

«Und wie läuft's hier so?» fragte Gächter.

«Nicht gut. Genaugenommen läuft alles aus dem Ruder!»

«Auf die Knie!» hörten sie Cordulas Stimme. «Wie die Hunde, wie die Schweine...» Lachend und grölend ließen sich die Männer auf alle viere nieder und krabbelten im Kreis um Cordula herum. Sie knallte mit der Peitsche dazu.

«Sollte man das nicht irgendwie beenden?» fragte Gächter. Die geilen, schwitzenden Gesichter der Männer auf dem Boden ekelten ihn an.

«Wie denn?» fragte Bienzle dagegen. Erst jetzt entdeckte er Gerhard Stricker, der unbeweglich unter der Tür zur Terrasse stand und kein Auge von der Szenerie ließ.

«Spiel halt was auf dem Klavier dort drüben», sagte Gächter.

«Hab ich schon gemacht. Mein Gott, kotzt mich das alles an. Übrigens, die Kleine will auspacken und alles über Dreher erzählen.»

«Weiß sie denn alles?»

«Sieht so aus.»

«Kriegen wir dann endlich auch die Herren Bossle und Konsorten?»

«Das glaub ich weniger.»

Cordula ritt nun auf dem Rücken des dicken Bürgermeisters. Dessen Frau kehrte just in diesem Moment zurück. Sie blieb an der Tür stehen, lachte laut und schrill auf und begann dann übergangslos zu weinen. Plötzlich wurde sie zur Seite geschoben. Paul Stricker stand auf der Schwelle. Den Kopf weit vorgeschoben, die Arme eng am Körper angewinkelt, die Fäuste geballt, daß die Knöchel weiß hervortraten, ging er auf Cordula zu, riß sie vom Rücken des Bürgermeisters, der nun auch akustisch ein Schwein imitierte, und warf sie zu Boden. Er trat mit den Füßen nach ihr. Bienzle sprang auf. Aber Gerhard Stricker kam ihm zuvor. Paul Stricker riß seine Tochter an den Haaren zur Tür. «Ich bring dich um!» schrie er eins ums andere Mal, «ich bring dich um», und dann in der dritten Person: «Ich bring sie um, ich bring es um, dieses Stück Dreck!»

Wie aus dem Boden gewachsen, stand der Mann in der Latzhose vor seinem Bruder. Ansatzlos schlug er ihm die Faust ins Gesicht. Paul Stricker torkelte gegen die Wand. Blut sickerte aus seiner Nase. Jerry faßte Cordula bei der Hand und sagte: «Komm, laß uns hier weggehen, Cordula!» Stricker starrte seinen Bruder aus blutunterlaufenen Augen an. Gerhard schüttelte unmerklich den Kopf. «Du würdest sie keinem anderen gönnen», sagte er leise. Dann führte er die junge Frau, die nun ganz willenlos zu sein schien, hinaus. Bienzle folgte den beiden.

Auch Dreher verließ den Raum, um ihnen nachzugehen. Paul Stricker erhob sich mühsam vom Boden und tupfte seine Nase und seine Lippen ab. «Was gibt's da zu glotzen», fuhr er die Umstehenden an. Dann ließ er sich in einen Sessel fallen und wirkte eine ganze Zeitlang so, als ob die Welt um ihn versunken wäre. Der Discjockey legte eine Platte auf. Einige der Paare kehrten auf die Tanzfläche zurück, aber sie tanzten dann doch nicht. Es war, als ob die ganze Gesellschaft auf einmal wie gelähmt wäre.

Joachim Dreher schloß rasch zu Cordula und Gerhard Stricker auf. Bienzle stand nur wenige Schritte entfernt und betrachtete ein Bild – die Kopie eines Werkes von Schmidt-Rottluff. «Laß uns noch mal in aller Ruhe über alles reden, Cordula», stieß Dreher hervor. «Bitte!»

«Nein», sagte Gerhard Stricker, «kommt nicht in Frage!»

«Sie halten sich da raus, wer sind Sie überhaupt!»

Gerhard Stricker lächelte ihn an: «Na ja, nicht viel, ein Mensch halt. Sie werden meinen Namen vielleicht kennen. Gerhard Stricker. Mit Ihrer Hilfe hat doch der Paul mich um mein Erbteil gebracht!»

Bienzle trat hinzu. «Ich wollte Sie davon unterrichten, Herr Dr. Dreher. Wir haben seit einer Stunde eine richterliche Durchsuchungsanordnung für Ihre Wohnung und Ihr Büro, und da Gefahr im Verzug ist, können wir die Räume auch in Ihrer Abwesenheit durchsuchen. Leider trifft das gleiche nicht für die Wohnungen und Büros einiger anderer Leute zu.»

«Komm, Cordula!» sagte Gerhard Stricker.

«Augenblick», bellte Dreher.

«Es ist zu spät, Joachim», sagte Cordula mit überraschend weicher Stimme. «Du hättest dir das alles früher überlegen müssen. In dem Augenblick, als du meinen Vater zu mir geschickt hast, war schon alles aus.» Sie wandte sich ab und ging die Treppe hinauf. «Bemüh dich nicht, Onkel Gerhard», sagte sie, «ich komm jetzt sehr gut alleine zurecht!»

Die beiden Männer starrten ihr nach. «Herr Bienzle...», hob Dreher an, aber der Kommissar würdigte ihn keines Blikkes mehr. «Mit Ihnen rede ich nicht mehr, das können von mir aus andere tun.» Damit machte er sich auf die Suche nach Hannelore.

Gerhard Stricker kam die wenigen Stufen der Treppe, die er

schon hinaufgegangen war, wieder herunter. «Man muß wissen, wann man verloren hat, Herr Dr. Dreher.»

«Der Punkt ist bei mir noch lange nicht gekommen. Jetzt fange ich erst an, meine Trümpfe auszuspielen!» schrie Dreher, als ob er sich selber überzeugen müßte.

Hannelore stand mit Gächter auf der großen Terrasse des Hauses. Als Bienzle zu ihnen trat, sagte Bienzles Kollege: «Wir können den Dreher und den Stricker auf der Stelle verhaften, und ihren ehrenwerten Helfershelfern können wir wenigstens ein bißchen einheizen.»

Bienzle winkte müde ab. «Das hat auch noch Zeit bis morgen. Die laufen uns nicht davon.»

«Na hoffentlich.» Gächter schien da nicht so überzeugt zu sein. «Ich hab mir im *Ochsen* ein Zimmer genommen.» Er machte Anstalten zu gehen.

«Nimmst du mich mit, Günter?» fragte Hannelore.

«Was denn, du willst schon gehen?» Bienzle sah sie überrascht an.

«Du hast doch ganz bestimmt noch zu arbeiten», antwortete sie in sarkastischem Ton.

«Sauer?»

«Na, du kannst Fragen stellen!» Aber sie gab ihm dann trotzdem noch einen Kuß und ging mit Gächter die breite Treppe zum Parkplatz hinunter.

Bienzle spazierte nachdenklich in den Garten. Hinter einem Busch hörte er girrendes Lachen und eine aufgeregte Männerstimme. Er schlug einen weiten Bogen.

Ein schmaler Plattenweg führte auf die Rückseite des Hauses. Dort hatte Stricker seinen Swimmingpool und einen sehr gepflegten Rasen anlegen lassen. Unter dem weit vorgezogenen Dach fand sich ein Sitzplatz auf Terrazzosteinen. Bienzle blieb überrascht stehen. Hinter einem Fenster, das mit gelben Butzenscheiben verglast war, sah er einen Schatten – undeutlich nur, an den Rändern ausgefranst und durch die Bleifassungen der runden Gläser immer wieder wie surrealistisch verzerrt. Aber daß dieser Mensch – Mann oder Frau, ließ sich nicht feststellen – ein Gewehr in der Hand hielt, war dennoch zu erkennen. Bienzle versuchte zu rekonstruieren, was das für ein Raum war. Es mußte Paul Strickers Jagdzimmer sein. Der Kommissar rannte los.

Paul Stricker war, nachdem ihn sein Bruder niedergeschlagen hatte und nachdem seine Tochter mit ihm verschwunden war, in sein Jagdzimmer gegangen. Er hatte den Gewehrschrank aufgeschlossen und das Mausergewehr herausgenommen, das schon die Lieblingswaffe seines Vaters gewesen war. Die Hände wollten ihm kaum gehorchen, als er die Kammer herausspringen ließ und die beiden Patronen einlegte.

Ingrid Stricker hatte noch ihre Küche aufgeräumt, nachdem Hannelore sie verlassen hatte. Eine sympathische Frau, dachte Frau Stricker bei sich. Wenn man so eine als Freundin hätte...! Sie hatte eigentlich nie eine «beste Freundin» gehabt, eine, mit der man alles, wirklich alles, besprechen konnte, mit der man albern und ernst sein konnte, die einen besser verstand als jeder Mann und der man auch seine intimsten Probleme anvertrauen konnte. Im Dorf gab es gute Bekannte, die stolz darauf waren, mit Ingrid Stricker «befreundet» zu sein. Aber das waren sehr konventionelle Beziehungen. Stolz waren die nur darauf, mit der Frau des reichsten und einflußreichsten Mannes am Ort zu verkehren.

Ingrid Stricker stellte das Kaffeegeschirr in den Schrank. Ab jetzt floß drin in der Wohnhalle sowieso nur noch der Alkohol. Sie hatte auch keine besondere Notiz davon genommen, als es dort zwischendurch einmal laut zuging. Das gab es jedes Jahr. Meistens, wenn die politischen Gegner sich beharkten oder gegen alle Vernunft für eine Nacht verbrüderten. Frau Stricker pflegte sich zurückzuziehen, wenn das Fest in diese Phase kam. Da hatte sie nichts verloren.

Auch heute warf sie nur noch einen Blick in die Wohnhalle, wandte sich angewidert ab und wollte ins Schlafzimmer hinaufgehen. Die große Standuhr in der Eingangshalle zeigte kurz nach halb zwölf.

Sie schritt den schmalen Korridor entlang zur hinteren Treppe. Unter der Tür zum Jagdzimmer blitzte ein Lichtschein. Leise öffnete sie. Ihr Mann saß auf seinem Stuhl, das Gewehr quer über den Knien und starrte ins Leere.

«Paul?» sagte sie leise fragend.

Er hob den Kopf. Sie sah, daß er geweint hatte. «Wir sind am Ende, vernichtet, kaputt!» Seine Stimme hatte den monotonen Klang eines Automaten.

Frau Stricker ging zu ihm hinüber und neben dem Stuhl in die Hocke. «Unsinn!» sagte sie.

«Du weißt es ja nicht!»

«Egal, was es ist», entgegnete sie, «man wird uns zwei nicht auseinanderdividieren, Paul.»

Er senkte seinen Kopf und legte ihn sanft in ihre Halsbeuge. «Ich kann nicht mehr!»

Frau Stricker hörte Schritte. Sie sah auf. Im Türrahmen stand Dreher. Sehr ruhig sagte sie: «Verlassen Sie unser Haus!»

«Nicht ohne den Scheck!»

Bienzle erreichte die Wohnhalle. Er mußte sie durchqueren. Eine Frau, die er zuvor noch nicht wahrgenommen hatte, stellte sich ihm in den Weg: «Komm, Kommissar, tanz mit mir!»

«Tut mir leid!»

«Ach, Quatsch, zier dich nicht. Du bist musikalisch, das hat man gehört, als du Klavier gespielt hast, also kannst du auch tanzen.»

«Aber ich will jetzt nicht!» sagte Bienzle grob und schob die Frau zur Seite. Er spürte, daß er so schnell wie möglich in das Jagdzimmer kommen mußte. Der Bürgermeister baute sich vor ihm auf. «Das Problem der inneren Sicherheit...» hob er an. «Ja, ja», sagte Bienzle genervt und wollte weiter.

«Nix, ja, ja – wenn wir das nämlich nicht in den Griff bekommen...»

«Kriegen Sie sich erst amal selber in den Griff», herrschte der Kommissar den Bürgermeister an und drängte sich an ihm vorbei.

«Lassen Sie meinen Mann in Ruh», schrie Ingrid Stricker. Bienzle hörte es, als er den langen Korridor betrat.

«Ich hab das alles nie gewollt», sagte Paul Stricker dumpf. «Nie! Es... es ist über mich gekommen... es... es war einfach stärker...!»

«Hören Sie, ich kann auf das Geld, das Sie mir schulden, nicht verzichten», insistierte Dreher.

«Gehen Sie!» Frau Stricker hatte sich wieder erhoben und machte einen Schritt auf den Rechtsanwalt zu.

«Wie Sie wollen. Aber zuvor werde ich Ihnen noch ein bißchen was über Ihren Mann erzählen – und über Ihre Tochter. Und ich werde das auch publik machen, die Boulevardpresse wird sich alle zehn Finger danach lecken!»

«Schweigen Sie!»

«Daß Ihr Mann zu den Huren ging, was soll's? Aber daß eine dieser Huren...»

Ein Schuß krachte. Drehers Augen starrten ungläubig auf Stricker. Mitten in der Stirn des Rechtsanwalts sah man ein kleines rot-schwarzes Loch, an dessen Rändern die ersten Blutstropfen hervorquollen. Dreher rutschte mit dem Rücken am Türbalken hinab. Seine Lippen formten tonlos ein Wort, das man nur noch erraten konnte.

Als Bienzle auf der Schwelle erschien, lag der Rechtsanwalt zusammengesunken auf dem Boden. Gesicht und Hals waren blutüberströmt. Stricker stand – das Mausergewehr noch immer in den Händen – starr vor dem Waffenschrank. Seine Frau hatte schützend ihre Arme um ihn gelegt.

SONNTAG

Als Bienzle aufwachte, läuteten die Glocken bereits zur Kirche. Hannelore stand am weit geöffneten Fenster und schaute in den strahlend schönen, sonnigen Morgen hinaus. Drunten hörte man eilig Autos davonfahren.

«Mein Gott», sagte Bienzle leise und mehr zu sich selbst. «Und ich hab gehofft, ich hätt das alles nur geträumt.»

Ohne sich umzudrehen, sagte Hannelore. «Du hast mir heute nacht noch alles erzählt.»

«Ja. Stricker hat ein umfassendes Geständnis abgelegt. Ich hab's sogar noch getippt, und er hat's unterschrieben. Der ganze Subventionsschwindel ist damit leicht zu belegen. Aber was nützt das, wenn der Hauptschuldige mit einem Loch im Kopf am Boden liegt und sich nicht mehr verteidigen kann?»

Hannelore sagte: «Ich glaube nicht, daß ich auf die Dauer neben einem Menschen leben kann, der ständig mit diesen Dingen zu tun hat.»

Bienzle kreuzte die Hände unter dem Nacken. «Klingt wie eine Abmahnung!»

«Du hättest mich zu Hause lassen sollen.»

«Stimmt!» Bienzle fühlte sich zu müde, um aufzustehen. «Dabei arbeite ich doch gar nicht mehr beim Mord. – Wirtschaftskriminalität, ich dachte, da ginge es ruhiger zu.»

«Vielleicht liegt's ja an dir, daß es dann doch immer wieder ein Mordfall wird.»

Bienzle schüttelte den Kopf, ohne ihn zu heben. «Es liegt daran, daß Menschen für Geld alles tun und daß der Tod in dieser Zeit so billig zu haben ist.»

Nach dem Frühstück waren sie noch einmal zu Strickers imponierender Villa hinübergegangen. Der Leichenwagen begegnete ihnen auf dem Weg, ebenso das Fahrzeug der Spurensicherung. Gächter hatte die Leitung der Ermittlungen übernommen. Nun trat er auf Bienzle zu und salutierte lässig mit dem Zeigefinger an der Stirn.

«Ich fahr dann auch mal – bis die Tage...»

Bienzle griff in die Innentasche seiner Jacke und zog ein Stück Papier heraus. «Da, Strickers Geständnis. Mir ist es lieber, du gibst es dem Staatsanwalt. Jetzt, wo sich alles beweisen läßt, wird ja wohl auch deine Suspendierung aufgehoben.»

Gächter nahm das Papier entgegen. «Steht auch was über Bossle, Hilbert und Fahlbusch drin?»

Bienzle schüttelte den Kopf. «Kein Wort!»

Zwei Beamte brachten Stricker aus dem Haus und zu einem Polizeifahrzeug. Sie hatten ihm Handschellen angelegt. Bienzle ging zu Stricker hinüber. «Tut mir leid, Paul», sagte er.

«Es ist vielleicht besser so», antwortete Bienzles alter Schulfreund.

«Ich werde auf jeden Fall aussagen, daß es sozusagen ein Fall von Notwehr war.»

«Aber bloß sozusagen!»

«Nehmen Sie ihm die Hanschellen ab», wies Bienzle die uniformierten Beamten an. Dann ging er zu Hannelore zurück. Auf dem Balkon standen Ingrid und Cordula Stricker eng beieinander.

«Schlimm?» fragte Hannelore ihren Bienzle.

«Ziemlich!» sagte er.

Der Polizeiwagen fuhr davon. Hannelore setzte sich ans Steuer, und Bienzle ließ sich auf den Beifahrersitz fallen. «In die andere Richtung», sagte er.

Felix Huby

Ernst Bienzle, 37 Jahre alt, 1,88 Meter groß, mit Brille und Phlegma und Bauchansatz, mit einer Schwäche für Sauerbraten mit Spätzle und Soße, Kriminalkommissar und Leiter der Stuttgarter Mordkommission, verheiratet, ein Häuschen am Stadtrand...
Mit dieser Figur des schwäbischen Gemütsmenschen ist **Felix Huby**, ehemaliger Spiegel-Korrespondent, mittlerweile erfolgreicher Drehbuchautor, einer der bekanntesten deutschen Kriminalautoren geworden.

Bienzle stochert im Nebel
(thriller 2638)
Oberflächlich betrachtet tut Hauptkommissar Bienzle nichts: Er fragt ein bißchen, er redet ein bißchen und hört zu ...

Bienzle und die schöne Lau
(thriller 2705)
Einen Mörder, der sich beim Mordanschlag selbst ermordet, hat es in Bienzles Laufbahn noch nicht gegeben...

Bienzles Mann im Untergrund
(thriller 2768)

Bienzle und das Narrenspiel
(thriller 2872)
Männer Frauen und Kinder in den buntesten Kostümen tanzen durch die Straßen – und ein ausgebrochener Sträfling, der Rache nehmen will...

Bienzle und der Sündenbock
Kriminalstories
(thriller 2958)

Gute Nacht, Bienzle
(thriller 3066)

3011/2

rororo thriller

Bienzle und der Biedermann
(thriller 3077)
Fleisch, dessen Verfallsdatum kurz bevorsteht, wird in die Ostländer transportiert. Man macht Profit und kassiert Subventionen... Kein leichter Fall für Bienzle.

Ach wie gut, daß niemand weiß...
(thriller 2446)

Der Atomkrieg in Weihersbronn
(thriller 2411)

Sein letzter Wille
(thriller 2499)
Optiker Kissling kämpft gegen die Baumafia in seiner Kleinstadt – bis er eines Morgens mit einem Genickschuß tot gefunden wird...

Schade, daß er tot ist
(thriller 2584)
«... der beste Huby, der bisher erschienen ist.»
FAZ-Magazin

Tod im Tauerntunnel
(thriller 2422)

Harry Kemelman

Harry Kemelmans Held ist Rabbi in einer amerikanischen Kleinstadt: unsportlich, ziemlich kurzsichtig und ein wenig linkisch – aber im Denken am Talmud geschult. Mit kluger Beharrlichkeit, sanfter Skepsis und Unbefangenheit löst David Small seine Fälle. «Man muß diesen Rabbi einfach lieben.» *taz*

Am Montag flog der Rabbi ab
(thriller 2304)

Am Dienstag sah der Rabbi rot
(thriller 2346)

Am Mittwoch wird der Rabbi naß
(thriller 2430)

Der Rabbi schoß am Donnerstag
(thriller 2500)
«Immer wieder gibt es wahre Kabinettsückchen an bissiger Entlarvung kleiner Neidereien unter den ehrgeizig–beschränkten Synagogen–Mitgliedern.»
Süddeutscher Rundfunk

Am Freitag schlief der Rabbi lang
(thriller 2090)
Für dieses Buch erhielt Harry Kemelman den Edgar Allan Poe–Preis.

Am Samstag aß der Rabbi nichts
(thriller 2125)
Als ersten Kriminalroman überhaupt kürte die Darmstädter Jury im Februar 1968 diesen Thriller zum «Buch des Monats».

Am Sonntag blieb der Rabbi weg
(thriller 2291)

Eines Tages geht der Rabbi
(thriller 2720)

rororo thriller

Ein Kreuz für den Rabbi
(thriller 2860)

Quiz mit Kemelman
Kriminalstories
(thriller 2172)

rororo thriller wird herausgegen von Bernd Jost. Ein Gesamtverzeichnis der Reihe finden Sie in der *Rowohlt Revue*. Jedes Vierteljahr neu. Kostenlos in Ihrer Buchhandlung.

Serientäter

Robert Brack
Die siebte Hölle
(thriller 2941)
Oldtimer bringen's besser als Bücher, meint der bankrotte Buchhändler Jercy Pacula, und überführt zwei Limousinen nach Lissabon...
Schwere Kaliber
(thriller 2967)
Psychofieber
(thriller 3058)

Frank Göhre
Schnelles Geld
(thriller 3048)
Der erste, seit Jahren vergriffene Kriminalroman von Frank Göhre, der mit mehreren Literaturpreisen ausgezeichnet wurde und als Kinofilm Beachtung fand. Neu bearbeitet und wesentlich erweitert.
Der Tod des Samurai
(thriller 2832)
Ein Thriller über organisiertes Verbrechen in Hamburg.
Der Tanz des Skorpions
(thriller 3025)
Letzte Station vor Einbruch der Dunkelheit
(thriller 2795)
Der Schrei des Schmetterlings
(thriller 2759)

Daniel Pennac
Wenn nette alte Damen schießen...
In Belleville, dem Kreuzberg von Paris, schneidet ein erbarmungsloser Killer armseligen Rentnern die Kehlen durch. Angst macht sich breit, gefolgt von einer kräftigen Paranoia. Ausgezeichnet mit dem «Prix Mystère de la critique».
(thriller 2921)
Königin Zabos Sündenbock
(thriller 3003)

rororo thriller

30 Jahre thriller Jubiläums-Lesebuch
(thriller 3030)
Dieser Jubiläumsband präsentiert einen opulenten Querschnitt durch die Geschichte der rororo thriller- Reihe und bietet literarischen Nervenkitzel pur. Die Palette internationaler Autoren gleicht einem Who is Who der Kriminalliteratur.

Pacio Ignacio Taibo II
Der melancholische Detektiv *Drei Fälle für Héctor Belascoarán Shayne*
(thriller 3039)
Der Boxer Angel, Freund von Detektiv Héctor Belascoarán, wird beim Training im Ring von einem Unbekannten erschossen. Mögliches Motiv: eine alte Rivalität um eine Frau... Taibo liefert nicht nur ungewöhnliche Stories, sondern ein dichtes Bild von Mexiko, seiner Atmosphäre, seinen Problemen und seiner Faszination.
Das bizarre Leben
(thriller 2940)
Comeback für einen Toten
(thriller 3019)